勇者の妹に転生しましたが、これって「モブ」ってことでいいんですよね？

風見くのえ

Kunoe Kazami Presents

fairy kiss

この作品はフィクションです。
実際の人物・団体・事件などに一切関係ありません。

勇者の妹に転生しましたが、これって
「モブ」ってことでいいんですよね？

プロローグ

――異世界転生してしまった。

なに馬鹿なこと言っているんだって思われるかもしれないけれど……事実です。

事故に遭って病院のベッドで苦しんでいたら急に周囲が真っ白になって、そこに現れたギリシャ神話の女神みたいな女性に「あなたは死んでしまったの。だから転生してね」って言われたの。

ラノベの転生モノはよく読んでいたけれど、それと自分が転生したいかどうかは別物よね？

だからすぐに「結構です」って断ったのに……女神さまったら「もう約束で決まっているから」とか言っちゃって……どうしても転生しなきゃならないみたい。

いったい誰とどんな約束をしたの？　少なくとも、私じゃないわよね！

そんなの無効だって言いたかったのに、問答無用で転生がはじまって体が光に包まれた。

「大丈夫よ。今度の人生では、いやっていうほど溺愛&執着されて幸せになれるから！」

女神さまはものすごいドヤ顔で保証してくれたけど……そんなの望んでいないから！　っていうか、溺愛はともかく執着はヤバいでしょう！

抗議の声を発することも許されず、体も意識も光に溶けていって――気づけば私は赤ちゃんになっていた。

最初に目に入ったのは、やたらキラキラとしたガラガラ――子どもをあやすときに使う、振ると音が鳴るおもちゃだ。中世ヨーロッパのお城で働いていそうなメイドさんが、私の目の前で楽しそうに振っている。

――ねぇ、そのガラガラにくっついている色とりどりの石は、まさか宝石だったりしないわよね？

そんな心配をしなければならないほど、視界に入るものすべてが豪華絢爛《けんらん》だった。フリルたっぷりのレースのカーテンが幾重にもついた天蓋つきベッドや、そのベッドの向こうに見える繊細で優美なシャンデリア。天井には、どこの礼拝堂かってくらい美しい絵が描かれているし……極めつけは、私を大切そうに抱いている女性の着ている艶やかで滑らかな寝衣。

――間違いなく正絹《しょうけん》。それも超高級品だわ。

母が和裁好きで、結構な頻度で生地問屋を連れ回された私は、布を見る目だけは肥えている。明らかに日本ではなさそうなこの世界で、正絹の価値がいかほどかはわからないけれど、その製造過程を考えれば決してお安くはないはず。それを寝衣に使うなんて、どんな高貴な身分の女性なのかしら？

髪は茶色で目は緑。顔がちょっとやつれて見えるのは……ひょっとして産後のせいかな？

――あなたが私のお母さんよね？

「いい子、いい子ね。可愛《かわい》い私の赤ちゃん」

ジッと見つめれば、私の心の声が聞こえたかのように、女性ははっきりそう言った。言葉がわかるのは転生特典なのかな？

優しそうなその女性――――母の周囲には、私をあやすメイドとは別のメイドがついていた。細やかにお世話されていて、母が裕福そうなこの家の女主人なのは間違いない。

あ、よく見たら壁際には女性騎士までいるじゃない。……ということは、お金だけじゃなく身分もありそうだわ。だとすれば、当然の帰結として私も高貴な身分のご令嬢なのかな？

――――ひょっとして、私って悪役令嬢に転生したの？　ここって、乙女ゲームの世界？

いやいや、そんな！　そういうのは物語として読むから面白いのであって、我が身に起こったらたいへんだとしか言いようがない！

断固お断りよ！　責任者出てこ～い！

心の中でそう叫んだのが悪かったのか……突如部屋の中に、黒覆面の男が三人現れた。扉から入ってきたわけでも、窓を破ったわけでもなく、まるで降って湧いたように気づけばそこにいたのだ。

――――魔法？　絶対魔法よね！　ここって魔法の使える世界なの？

目を丸くする私の前で、男たちはあっという間にメイドを気絶させた。悲鳴を上げる間もないほど素早い行為だ。

「曲者《くせもの》！　誰かある！」

女騎士が大声で叫んで、剣を構え私と母の前に駆けつける。

黒覆面のひとりが扉の方に向かい、内から開かぬように押さえにかかった。残り二人はこちらに向かってくる。

黒覆面と女性騎士の戦いになったけど、二対一。私たちが不利なのは見るまでもなかった。

私を抱く母の腕に、ギュッと力が籠る。

「……ダメだわ。このままでは全員やられてしまう。……せめてこの子だけでも逃がさないと」

小さく呟《つぶや》いた母は、私の目をジッと見た。

「どうか、無事に逃げ延びて」

そう言うと、柔らかな唇を私の額に押しつける。

「小さき我が友エアリアル。この子を逃がして！　……できるだけ遠くへ！　敵の手が及ばない安全な場所へ！」

声が聞こえ、次の瞬間、私は気づけば大きな木の下にひとり放りだされていた。

――え？　今のって魔法？　私のお母さんって魔法使いだったの？

おそらくはそうで、私はあの場から逃がすために転移させられたのだろう。ということは――ひょっとしてひょっとしたら、この世界は、乙女ゲームの悪役令嬢モノではなくて捨てられ幼女モノだったのかもしれない。

――いや、捨てられたのとはちょっと違うけど……どっちにしろ最悪だ。

私の上では、大木が葉を揺らしざわざわと大きな音を立てていた。右と左は背の高い草薮《くさやぶ》で、唯一視界のひらける前方は切り立った崖なのか、視界の下半分は茶色の地面で上半分は見事な青空が見えている。

いったい全体どこの山奥かと思う景色が、目の前に広がっていた。

――絶対、親切なおばあさんとかが通りかかって助けてくれるような場所じゃないわよね？

もう、泣きたい！　……泣いていい？　どのみち赤ちゃんにできることなんて、泣くことだけだもん。

私は……恥も外聞もなく泣き叫んだ。

「おぎゃぁぁ！　おぎゃぁぁ！　ぎゃぁぁぁぁぁぁっっん、あぁん！」

喉も枯れよとばかりに声を張り上げる。

そのままどのくらい経《た》っただろう。……耳元で、ガサリと草がかき分けられる音がした。

――え？

視界に黒い影が射し、一拍遅れて人の顔が映りこむ。

――え？　え？　……子ども？

それもどえらい美少年だ。ハリウッド映画の子役も真っ青な金髪美少年が私を見下ろしている。

なぜか……ドクン！　と胸が高鳴った。涙がピタリと止まって、言い表しようのない感情が体に満ちてくる。

――どうしてだろう？

――どうしてこんなに胸がギュウッとなるんだろう？

誰にも助けてもらえないと諦めていたところに、救世主みたいに現れてくれたから？

だから私は……こんなに嬉しいの？

気づけば私は、彼に両手を伸ばしていた。

ジワジワと胸が熱くなって、顔が変な風に歪《ゆが》む。

――ああ、私、今ものすごくだらしない顔で笑っているかもしれない。

すると、それまで私を無表情に眺めていた美少年の碧《あお》い目から、涙がホロッとこぼれた。

――え？

唇が微《かす》かに動いて、聞き取れないほど小さな声が漏れる。

――いったいなんて言ったの？

ホロホロホロホロと、少年は次から次へと涙を溢《あふ》れさせた。

――どうしたの？　なにが悲しいの？　……泣かないで！

美少年の泣き顔はとてつもなく美しかったけど、それを見るのは辛《つら》い。伸ばしていた手をもっと伸ばせば、彼は私を抱き上げてくれた。とても大切そうに抱き締めてくれる。

幼い少年の小さな手だ。母の手よりずっと頼りない手のはずなのに……心の底から安心感が湧いてくる。もう大丈夫だと、理由なんてわからなくてもそう思えてしまう。

私の伸ばした手が、少年の頬に触れた。すぐに甘えるように擦《こす》りつけられた柔らかな頬の温《ぬく》もりが、手のひらに感じられる。それがとてつもなく……嬉《うれ》しい！

私を抱いたまま少年は歩きだした。ゆらゆらと伝わる振動がまるであやしているかのよう。

ふにゃりと心と体から力が抜け……私はようやく意識を手放すことができたのだった。

第一章　旅立ち

転生したと思ったら襲撃されて、どことも知れぬ場所に放りだされてしまいました。

あらためて考えるとずいぶん酷《ひど》い目に遭ってしまった私だが、その後なんとか無事に私を拾った美少年の家族になれた。

美少年の名前はクリス。辺境の村に両親と三人で住む三歳の子どもだ。

――――そう、三歳。私の救世主は、日本なら幼稚園の年少組でしかない幼児だったのだ。

たしかに幼いなとは思ったけど、まさか三歳だとは思わなかったわ。……五歳くらいに見えたのに……いや、五歳でも幼いに違いはないけれど！

どうしてそんな子どもが、たったひとりで私の前に現れたのか？　……と思ったのだが、どうやら彼は俗に言う神童だったみたい。

聞けば、よちよち歩きの一歳で魔腮鼠《マサイネズミ》という、姿はハムスターに似ているけれど大きさは子豚くらいの魔獣を倒し、二歳で単眼豚《タンガントン》という、ひとつ目の豚の頭を持つ二足歩行の魔族を倒したのだとか。

魔獣や魔族というのは、この世界に生息する危険な魔法生物のこと。強さによって討伐ランクがつけられていて、魔腮鼠はDで単眼豚はC。

討伐ランクは上から順にS、A、B、C、D、Eとあり、さらにSとAランクは、シングルとダブルとトリプルの三段階に別れている。最強なのはSSS《トリプルエス》だ。

三歳になったクリスは、討伐ランクBの魔獣なら余裕で倒せるという、驚異の実力の持ち主だ。Aランクを倒すのも時間の問題と言われていて、ひとりで狩りをするのも日常茶飯事。私が泣いていた山奥の大木の下は、絶好の狩り場だったのだとか。

おかげで私は見つけてもらえて助かったのだけど――――いや、でもそれって本当に大丈夫なの？　いくら強いからって三歳の子どもがひとりで狩りなんて……児童虐待じゃない？

そんな心配をしてしまった私なのだが、クリスの両親は拍子抜けをするくらい普通で優しい夫婦だった。我が子が私を見つけて保護してきたことに、ものすごく感動して褒めちぎっていたもの。

「クリス！　よくやったぞ」

「ええ、ええ。赤ちゃんを守ってあげられたなんて、本当にえらいわ！」

――――まあ、ちょっと褒めすぎじゃない？　とは思ったが、その理由はすぐに知れる。

「ああ、神さま！　今までどんなモノにも感情を向けなかったこの子が、こんなに優しい顔ができるなんて……感謝いたします！」

なんとクリスは、感情の欠落した無表情の子どもだったらしい。――――にわかには信じられなかったけど。

だって――――。

「ほら、ミルクだよ。お兄ちゃんが飲ませてあげるからね」

今現在、私の前にはニコニコと天使の笑みを浮かべるクリスがいる。彼の手には哺乳瓶が握られ、いそいそとそれを私の口に含ませてくれるのだ。

――――この満面の笑みのどこが感情欠落なの？

ンクンクとミルクを飲みながら、私はそう思わざるを得ない。

――――それに、この子私と会ったときだって、ボロボロに泣いていたわよね？　むしろ感情過多なんじゃないかしら？

しかし、そう思うのは私だけみたいで、私にミルクを飲ませるクリスを見た両親は、泣きながら抱き合って喜んでいる。

「クリスが、クリスが……赤ちゃんのお世話を！」

「私、今日はお祝いのケーキを焼くわ！」

「……シロナが食べられないので、ケーキはいりません」

『シロナ』というのは私の名前だ。クリスが名づけてくれた。

「そ、そうね」

「クリスが、クリスが……他人を思いやって」

「……シロナは他人じゃありません。僕の妹です」

親子三人の会話を聞くに、たしかにクリスの私と両親への態度には違いがあるみたい。私にはデロデロに甘い笑顔を見せるのに、両親と話すときはスンとした顔になるもの。

でも、それにしたって感情がまったくなかったなんて、とても信じられないわ。きっと、両親の話がオーバーなだけよね？　感情表現が苦手だったとか、そういうことでしょう？

「ミルクを飲み終わったらゲップをしようね。ほら――」

たて抱きにした私の顎を肩に乗せ、クリスが優しく背中をトントンと叩《たた》いてくる。

それに感激してまた号泣する両親を見ながら、このときの私は自分の考えが正しいことを実感した。


しかし、残念なことに私の考えは間違っていた。

クリスは、正真正銘私以外には一切関心を向けない――いわゆる人でなしだったのだ。

「シロナに近づくな」

拾われてから三カ月。ようやく首が据わった私の前には、私を守るように立つ兄のクリスがいる。

クリスの前にいるのは、隣家の子どもだ。年齢は五歳でクリスの二歳年上。最近生まれた妹がいるお兄ちゃんで、体格はクリスよりひとまわり大きい。

「うるさい！　俺の母ちゃんのお乳を勝手に飲んでいるくせに！　……その哺乳瓶を返せ、返せよ！」

まあ、今はまるっきり駄々っ子のようで、お兄ちゃんらしさは欠片《かけら》もないんだけどね。

彼が欲しがっているのは、私のミルクだ。突如我が家に乱入してきた彼は、私から哺乳瓶を取り上げようとしてクリスに突き飛ばされたのだ。

彼の言うように私のミルクはこの子のお母さんからのもらい乳《ちち》。私を引き取ったはいいものの、乳幼児を育てるためには母乳が必須で、両親はちょうど乳飲み子がいた隣家の奥さんにお乳を分けてほしいとお願いしたのだ。母乳をもらう代わりに狩りの獲物や家でとれた野菜を渡すという約束で、隣家の奥さんは「お乳がたくさんですぎて捨てていたから、もらってくれて嬉しいわ。お礼をいただけるなんて、なんだか悪いわね」と言っていた。

だから勝手に飲んでいるのではないのだが……それはあくまで大人同士の話。目の前の子どもは、ただでさえ妹ができて自分がかまってもらえなくなり拗《す》ねていたところに、妹以外の赤ちゃんまで現れて大好きなお母さんのお乳を横取りしているのが気に入らないらしい。

要は、妹の誕生で赤ちゃん返りしたお兄ちゃんなのであって、理屈が通じる相手ではなかった。

「俺の、俺の母ちゃんなのに！」

真っ赤な顔で叫んだ子どもは、懲りずに私の方に向かってくる。

途端、その足下に短剣が突き刺さった。

男の子は驚き立ち竦《すく》む。

「それ以上近づけば、殺すぞ」

短剣を投げたのは、言うまでもなくクリスだ。ひどく平坦な声なのに、背中にゾクッと悪寒が走る。なんの感情も混じらない無機質な声が、これほど恐怖を呼び起こすとは思わなかったわ。

直接声をかけられたわけでもない私がこれほど怖《お》じ気《け》づいたのだ。クリスに面と向かって言われた五歳児は、みるみる顔色を悪くした。

――あ、今にも泣いちゃいそう。

「あ～うぅ」

私は慌てて声を発した。

「シロナ？」

すぐにクリスは、私の方に振り向く。一生懸命手を伸ばせば、たちまち笑顔になった。

「え？　……なに？　抱っこかな？」

先ほどの無機質な声は誰が発したのかと疑ってしまうほどの甘い声でクリスは聞いてくる。

私はコクコクと頷《うなず》いた。

「すごい！　シロナは僕の言葉がわかるんだね。やっぱりシロナは天才だ！　こんなに可愛いのに天才だとか……最高すぎて心配だよ。シロナが誘拐されたらどうしよう？」

あらぬ心配を本気ではじめる兄は、紛《まご》うことなきシスコンだった。嬉しそうに私を抱き上げたクリスの肩越しに、私はすっかり存在を忘れられた隣家の男の子をジッと見る。

――なにボーッとしているのよ。さっさと帰りなさい！

心の中で怒鳴りつけた。

それが通じたのかどうか、男の子はハッと目を見開くと、一目散に外に逃げだしていく。

やれやれと、私は心の中でため息をついた。

「シロナ、シロナ、どうする？　お散歩にいく？」

「あ～う～」

「うんうん。そうだね。じゃあおんぶしようか。今紐《ひも》を持ってくるね」

上機嫌で私におんぶ紐をかけるクリスは、誰がどこから見ても優しいお兄ちゃんだろう。

――五歳児を短剣で脅して追い払う三歳児だけど。

けっして、ただのシスコン兄ではあり得ない。……ひょっとして私は、とんでもない子どもの妹になったのではなかろうか？

今さらながらに不安になったが、赤ちゃんの私にやれることなど限られている。

――とりあえず早く話せるようになろう。目標は「にーに、めっ！（兄さん、ダメよ）」と言えるようになることだ。

生まれて数カ月の赤ちゃんにしては大きな目標を掲げた私は、兄の背中で小さなため息をついたのだった。


その後も似たような事件は、繰り返し起きた。

私たちが住むのは辺境の小さな村なのだが、トコトコと歩きはじめた私がうっかり魔樹《マジュ》の根に躓《つまず》いたことで、兄は村中に生えている魔樹をすべて引っこ抜こうとしたのだ。――魔樹は魔法を使う樹木の総称だ。つるで攻撃したり幻覚を見せる臭いを放ったり、いろいろ厄介な性質を持っているのだが、反面様々な薬効を持つ実をつける。魔樹の性質はわかっていさえすれば避けられるので、村では上手に育てて収入源のひとつにしていた。

それを兄は、私が転んで膝をすりむいたという理由ですべて切り倒そうとする。……当然村人総出で兄を止め、なんとか魔樹の周囲に杭《くい》を打ちうっかり近づけないようにすることで宥《なだ》めることができた。

またあるときは、私が兎魔兎《トマト》という真っ赤なウサギに似た魔獣のお肉が好きだと言えば、絶滅させる勢いで狩り尽くそうとするし、地球のゴキブリに似た魔油蟲《マユムシ》に悲鳴を上げれば、魔蟲《マチュウ》を一斉駆除する燻蒸剤《くんじょうざい》を発明した。兎魔兎も魔油蟲も……いや、どんな生き物だって生態系の一員である。私の好みか好みでないかだけで駆逐しようとしないでほしい。

——ともかく一事が万事、クリスの行動基準はすべて私中心なのだった。しかも無駄に優秀なだけに、やることなすこと全部が過剰すぎる。

どうも、クリスには世間一般の常識というものがないらしい。……というよりも、なにを見ても聞いても心が動かないそうで、唯一動いたのが私に関してだけなのだとか。

それなら、私に執着するのも当然なのかもしれなかった。

とはいえ、執着される方の責任は重大だ。しかも相手がわずか三歳で岩大蜥蜴《イワオオトカゲ》——討伐ランクAの魔獣——を単独で狩った実力者ならなおさらのこと。

……そう、クリスは予測に違《たが》わずAランク討伐者となっていた。

「にぃーに、めっ！」

「にぃーに、いい子いい子」

覚えたての言葉を駆使して、今日も私は兄の暴走を止める。なかなかハードな仕事である。

その後、なんとかクリスを暴走させず、私は月日を重ねていった。

最初のうちは、ひょっとしたら実の親が私を捜しに来るかも？　……と思ったりもしたのだが、それも五歳を過ぎた頃には考えないようになった。

なんと言ってもこの村――――フロンティアは、あまりに辺境すぎたのだ。一番近い隣村でも馬車で三日はかかるというド田舎で、北には数千メートル級の標高を誇る山々が聳《そび》え立ち、西と南は魔物の跋扈《ばっこ》する森が広がっているという、ほぼほぼ陸の孤島。

村長の家には古い地図があるのだが、それによるとこの国の名前はヴァルアック王国で、フロンティア村は、王国の西の端も端、地図に紙をつけ足した隅っこに描かれていた。

――――つまり、普通の地図には載っていない村ってことなのだ。ヴァルアック王国は、フロンティア村の存在を認識しているのだろうか？

私の生家はかなり身分の高い家だと思うけど、そもそも同じ国かどうかもわからない。他国であれば私の捜索はまず不可能だろうし、同国であってもテレビもネットも新聞すらもない世界では、人捜しは難しい。

それに、母が私を大切に思ってくれていたのは間違いないと思うけど……五年経っても現れないということは、あちらも私の捜索を諦めた可能性が高いわよね？　そもそも私と母は襲撃を受けたわけだし、あの後どうなったのかもわからない。最悪母は死に、家もなくなっている可能性も無きにしもあらずだ。……できれば、無事であってほしいけど。――――というわけで、諸々《もろもろ》考え合わせ私は自分の生まれを気にすることを止《や》めたのだ。

このこと――私が転生者だということも含めて――は、兄にも両親にも言っていない。

最初は、話したくとも赤ちゃんだったので話せなかったし、普通に話せるようになったときには、あまりに荒唐無稽な話で信じてもらえないだろうと思ったからだ。

――それに、クリスの妹という立場は、結構居心地がいいんだもの。

どこまでも真っ直《す》ぐに、ときに深すぎると思えるほどの愛情を向けられるのは、転生やら転移やらで、ある意味放りだされた自分にとって、砂漠で遭難した人間に与えられた水と同じくらいの甘露だったのだ。余計な話をしたことで、この立場を失うなんてことになったら……耐えられない！

「シロナ！　魔羚羊《マレイヨウ》が一頭そっちに行ったよ」

ボーッと考えこんでいた私を現実に戻したのは、兄の大きな声だった。

――いけない！　今は狩りの途中だったのに。

見れば、生い茂る木々の間から、真っ黒なカモシカみたいな生き物が駆けてくる。もちろん普通のカモシカのはずもなく、こちらの世界の魔獣の一種。討伐ランクはCである。

日本にいた頃であれば、野生の獣になんて出くわせば悲鳴を上げて逃げる以外できなかった私だけれど、既に異世界生活五年目。しかも、幼い頃から一時も私を自分の側《そば》から離さない兄に連れ回されて魔獣とのエンカウントが日常茶飯事の今現在では、たかがCランクの魔獣に上げる悲鳴なんて持ち合わせていない。

「よっ！　と」

軽いかけ声と同時に魔羚羊の突進から身を躱《かわ》した私は、腰にさしていた短剣を抜き、魔羚羊の首にブスッと突き刺した。

「ブモォォォッ！」

大きな叫び声を上げた魔羚羊は、首を四、五回ブンブンと振り回した後でバタンと倒れて動かなくなる。うまく急所に刺さったらしい。

「シロナ、ごめんね」

やれやれと思っていれば、八歳の美少年になった兄が現れた。相変わらず天使のごとき美しさだが、背後にフヨフヨと浮かぶ魔羚羊三頭の死体でなにもかも台無しだ。

「お兄ちゃんが逃がすなんて珍しいわね？」

「魔羚羊のいた地面の下に九竜《クル》の気配もしたんだよ。そっちに気を取られたら一頭シロナの方に行っちゃったんだ……僕もまだまだだね」

九竜というのは、地下に棲《す》む魔竜で、見つけるのも倒すのも高難度。討伐ランクは、なんとSS《ダブルエス》という伝説級の生き物だ。九竜は滅多に地上に出てこないため、害がない限りは基本放置なのだが、その気配がしたのなら気を取られるのも仕方ない。

「九竜は倒したりしていないのよね？」

「しないよ。そんなことをしたらシロナは怒るだろう？」

「もちろん！」

生計を立てるために害獣を狩るのはＯＫでも、無駄な殺生はしたくない。もちろん九竜だって必要とあれば狩るけれど、今日の獲物には入っていないのだ。

私が大きく頷けば、兄は「よかったぁ」と顔をほころばせた。

無邪気な笑顔にドキッとしてしまう。

――だって、本当に綺麗なんだもの！

兄はまだ八歳だし、私にロリコンの気はなかったはずなんだけど……最近の私は、兄のふとした表情や仕草にドキドキさせられることが多い。

やっぱり兄が美しすぎるのがいけないのだ。こんなに綺麗な少年が、私を大切にしてくれて、私にしか関心がないなんて――どうしたってときめかざるを得ないでしょう！

内心悶《もだ》えていれば、突如私が仕留めたはずの魔羚羊がガバッと跳ね起きた。一直線に私に向かって突っこんでくる！

「危ない！」

びっくりして動けない私を、兄が守ってくれた。あっという間に私と魔羚羊の間に入り、剣を一《いっ》閃《せん》！　魔羚羊の首を切り落とす。

「シロナ！　怪我《けが》はない？」

私を見つめる表情は、怖いくらい真剣な顔で、本気で心配してくれているのがよくわかる。

コクコク頷く私を、兄はギュッと抱き締めた。

「……よかった」

泣きそうな声で呟かれたら……もう、心臓はドキドキと爆発寸前のように高鳴ってしまう。頬もカーッと熱くなった。

――――ホント、こういうとこよ！

私は胸を押さえながら『落ち着け、落ち着け』と心に言い聞かせた。『相手は八歳、八歳』とも声にださず繰り返し呟く。

「たぶん、短剣の刺さり方が浅かったんだね。今度はきちんととどめが刺せるよう練習しよう」

そこに兄の声が降ってきた。見上げれば天使の笑顔が私を見つめている。

「シロナの練習用に、もう三十頭くらい魔羚羊を狩ってくるよ」

笑顔は美しくとも、言っている内容はとんでもなかった。

「いらない！　いらないからっ」

私は必死で止める。魔羚羊は、毛皮も肉も利用価値が大きい魔獣なのだ。絶滅断固阻止である。

「大丈夫。そんなに時間はかからないよ」

「時間の問題じゃないの！」

「狩るのは簡単だし」

「簡単でも、ダメ～ッ！　にぃーに、めっ！」

先ほどまでの胸のときめきはどこへやら。兄を叱りつける私だった。

そんなこんなで十五年。すっかり村での暮らしに慣れ、自分が拾われた子どもだなんて忘れたような頃に、事件は起こった。

兄が、神託で『勇者』に選ばれたのだ。

それを聞いた私は「なにやってくれちゃってんの、神さま?」と、心の中で真っ先に呟く。

「……………いや、うん。シロナの言うこともわかるけど、王都から来た神官さまの前では言わないようにしような」

村長に呼ばれ説明を受けてきた父が、疲れきった顔で私を窘《たしな》める。どうやら口に出ていたみたい。

「兄さんに勇者なんて務まるはずがないでしょう」

「それはそうなんだが……」

今朝狩ってきた大猪《オオイノシシ》の毛皮を庭で剝《は》いでいた私は、短刀をビシッと父に突きつけた。

私に同意しつつもモゴモゴと呟いていた父の言葉は、段々と小さくなり口の中に消えていく。

私は、大きなため息をついた。

「村長さんは、なんて言っているの?」

「神官さまの命令には逆らえないと」

はるばる王都からこの辺境の村まで、選ばれし『勇者』を迎えに来た神官は、たいへん高位の聖職者らしく、どうあっても「無理です」の一言で帰すわけにはいかない人物らしい。

「…………魔王が世界を滅ぼす前に、兄さんが世界を滅ぼさないといいわね」

「シロナ〜!」

父が泣きそうな声を上げた。……いや、実際泣いている。

面倒くさくなってきた私は、大猪の皮剝《かわはぎ》作業に戻った。現実逃避ともいう。

春先の風はまだ冷たく、解体中の大猪の生臭さを少しやわらげてくれるものだ。なのに十分血抜きしたはずにもかかわらず、寒風《かんぷう》に血臭が混じるのはどうしてだろう？

――しかしそうか、私は今日まで本気で自分が『捨てられ幼女』だと信じて疑わなかったのだが……どうやらこの世界は『悪役令嬢モノ』でも『捨てられ幼女モノ』でもなく、正統派ＲＰＧの『勇者モノ』だったらしい。

他ならぬ兄が勇者に選ばれたのだ、間違いないだろう。

私も些《いささ》か普通とは違うと思っていたのだが、兄に比べれば能力の差は歴然。容姿から見ても、兄が主人公なのは一目瞭然。私はただの脇役だったのだ。

――いやいや、ちょっと恥ずかしい。

転生したから自分がヒロインだと思いこむなんて、自意識過剰も甚だしかった。そういえば、昨今のラノベでは、脇役転生者なんてザラだったわ。

そもそもゲームやラノベでは、主人公の数奇《すうき》な運命にスポットを当てられがちだが、現実に考えれば主人公以外の多くの人々――いわゆるモブの中にも、特殊な事情の持ち主はいるはずだ。生まれてすぐに悪漢に襲われて、山の中に転移させられた人だって――きっと、千人にひとりか一万人にひとりくらいは、いるわよね？

今後私は、勇者の妹として、魔王を倒した兄が王女あたりと結婚して得る不労所得のおこぼれに与《あずか》って、細々と生きていくのだろう。

あれだけシスコンな兄が、私以外の人間と恋に落ちるところなんて想像もつかないが……いや『勇者モノ』で、勇者が魔王を倒し王女と結婚するのは出来レース。きっと奇跡の出会いとやらがあって、兄は真実の愛に目覚めるに違いない。

――――うん。……きっとそうなるのよね。

なんとなくモヤモヤとする心を持て余していれば、明るい声が聞こえてきた。

「シロナ、ただいまぁ～」

声の主は成長期を終え、ちょっと低めのイケボになった兄のクリスだ。金髪碧眼《へきがん》の大層な美形は、茶髪緑眼で平凡顔な私とは似ていない。

「おかえり兄さん――――って、ちょっと！　今日の獲物は大猪だけで十分だって言ったでしょう」

見れば兄は、片手に大きな金大狼《キンオオオオカミ》の頭を掴《つか》んでいた。庭の外の大木には、いつの間にやら首無し金大狼が吊られて血抜きされている。先ほどの血臭は、金大狼のものだったらしい。

ちなみに金大狼は討伐ランクAの魔獣で、私が解体中の大猪はBランクだ。

「うん。だけどシロナ、金大狼の毛皮の帽子が欲しいって言っていたよね？」

「次の冬までにね。まだ春だからいらないわよ。――――もうっ、今日は大猪の解体だけでもたいへんだって思っていたのに」

「……ごめん」

「もういいわよ。狩ってきちゃったものは仕方ないわ。その代わり兄さんも手伝ってね」

「うん！　もちろんだよ」

私が許してやれば、兄は嬉しそうに近寄ってきた。

「あ、父さんいたんだね。ただいま」

すぐ側に立っていたはずの父の存在をようやく認めた兄は、おざなりに声をかける。

「……………うん、おかえり」

兄の、私以外の人への塩対応は相変わらずだ。声をかけるだけ父母はマシな方。それだって、父母を無視すると私に怒られるからというのが、兄が挨拶する理由だ。

「――――シロナ」

私の前に立ち名前を呼んだ兄は、膝を折って姿勢を低くした。顔をうつむけ頭を私の方に突きだしてくる。

これは、数年前から要求されるようになった『ご褒美』だ。以前は「いい子、いい子」と褒めていたのだが、さすがに十代後半の青年に「いい子」はなかったらしい。

ろくに手入れもしていないはずなのに輝く金髪がフワッと揺れて、白いうなじが無防備にさらされる。

「ハイハイ。今日もご苦労さま。狩りから無事に帰ってきてくれて嬉しいわ。金大狼の毛皮の帽子は、私と兄さんでお揃《そろ》いにしようね」

解体のためにしていた手袋を脱いだ私は、兄の頭を無造作にわしゃわしゃとなでた。ちょっと髪が長くなってきたから、そのうち散髪してあげなきゃいけないかもしれない。

――――「いい子」はなくても、なでなではいいのかな？

多少疑問に思うところも無きにしもあらずだが……まあ、兄がいいのならいいのだろう。

私の手を頭に乗せたまま、顔を上げた兄の碧い目がジッと見上げてきた。

「シロナ、本当に嬉しい？」

「ええ。もちろんよ」

「そっか。…………へへ、僕も嬉しいな」

兄は、幸せそうにニヘラと笑う。ひどくだらしない笑みのはずなのに、イケメンに見えるのは、ひょっとしたら勇者補正なのかも？　――――なんて思いつく。

側で父が、頭を抱えてため息をついた。


こんな兄に、勇者なんて務まるはずもない。なんと言っても兄のシスコンは世に言う普通のシスコンより強力なのだ。私以外に興味を持てない兄が、勇者に選ばれたからといって魔王討伐に行くだなんて、とうてい思えなかった。

世界平和のためだと言われても「なにそれ？　美味《おい》しいの？　シロナの好物なら討伐してもいいけど」と答えるに違いない。

「シロナ、脱骨《だっこつ》する？」

「ええ、お願い。兄さん、ありがとう」

大猪の皮を剝ぎ終わって、骨を抜くかと聞いてきた兄に頷き、感謝を伝えれば、この上なく嬉しそうな笑顔が返ってきた。兄に尻尾があったなら、きっと全力で振り切っていることだろう。

――うん。やっぱりどう考えても無理だ。勇者としての魔王討伐と、私の頼んだ脱骨作業が並べられたら、兄は喜んで脱骨作業を選ぶに決まっている。

私と同じ結論に至ったのか、父が頭を抱えて蹲《うずくま》った。


しかし、村長もさるものひっかくもの。神官という無礼を働いたらまずい相手と兄が会う前に、我が家にやってきた村長は、言葉巧みに話しだす。

「――クリス、お前は勇者に選ばれたんだ。勇者がなにかは知っているな？」

「……絵本で読んだことはある」

本当は村長などと話したくない兄は、仏頂面を隠すこともなく返事した。

兄がそっぽを向かないのは、村長が私のすぐ横に座っていて、いやでも兄の視界に入るからである。

辺境のド田舎にある私たちの村にも、絵本はあった。もっともすべて村の共有財産で、自由に読むことなどできないのだが、それらの本を教材にして子どもたちは文字を習うのだ。

その中の一冊に『勇者の冒険』という本があった。文字どおり、勇者に選ばれた男の子が仲間と旅をし魔王を倒す冒険譚《たん》で、村の子ならみんな知っている。

「そう、その絵本の勇者だ。シロナちゃんが大好きなお話なんだぞ」

「え？」

「え？」

疑問符がふたつ。ひとつは兄で、もうひとつは他ならぬ私である。

いや、別に私は『勇者の冒険』なんて好きだった覚えはない。嫌いでもないが、特に思い入れもなにもない、知っているだけの話のひとつでしかないはずだ。

ちなみに、村長が私を「ちゃん」つけで呼ぶ理由は、そうしないと兄が怒るからだ。自分は呼び捨てにされても、私の呼び捨ては相手が誰でも許さない。おかげで私は村人全員から十五歳になった今でも「シロナちゃん」と呼ばれている。

「ここだけの話、実はシロナちゃんは勇者に憧れていいいるんだ。きっと、大好きなお兄ちゃんが勇者になって魔王を退治したら、もっともっとお兄ちゃんが大好きになるに決まっている」

…………兄の背後には両親が立っている。

二人は揃って両手を合わせ、私を拝んできた。

どうやら村長と両親は、兄を勇者にするために私を利用しようとしているらしい。

しかし、いくら兄でも、さすがにこんな手に乗るはずはない…………と思うのだが。

「本当か?!」

兄は、食い気味に私に聞いてきた。

兄の視界から自分が外れたと判断した村長は、私の横で縋《すが》るような視線を向けてくる。両親はペコペコと頭を下げ、米つきバッタのようだった。

「…………………………うん」

大人三人の涙目に負けた私は、小さく頷く。

「わかった、勇者になる！　勇者になって魔王を退治する！」

兄は、御年十八歳。私さえ絡まなければ、クールで頭脳明晰《めいせき》、できる男……のはずなのに。

――――そう。私さえ絡まなければ、だ。私が絡んだ案件についてだけは、兄はポンコツシスコンになる。

なんでこんな見え見えの村長の口車に乗るのかな？　と、呆《あき》れる私をよそに、村長はそのまま兄を自分の家に連れて行った。

怒濤《どとう》の勢いで神官と会った兄は、あれよあれよという間にそのまま村を旅立ってしまう。

きっと村長が、兄の気の変わらぬうちにと、急《せ》かしたに違いない。


「――――俺は、五日ともたずに帰ってくる方にかけるぞ」

「五日なんて長すぎだろう。絶対三日以内に帰ってくるね」

「私は、明日中には帰ってくると思うわ」

兄たちを見送った私の後ろでは、村人たちが好き勝手言いながら賭けをはじめていた。

旅立った兄が何日で帰ってくるかの賭けらしい。

「なんでそんなに短いの？」

私は首を傾《かし》げた。

魔王が居るという魔王城は、私たちの住む大陸の東端にあり、この村からかなり遠い。普通に旅すれば一年以上はかかる距離だと聞いていた。どんなに兄が規格ハズレの能力の持ち主でも、五日で往復なんて無理だろう。……十日くらいならなんとかなるかもしれないが。

ひょっとして村人たちは、私に会えないのが寂しくて、兄が途中で帰ってくるとでも思っているのだろうか？　しかし、ああ見えて兄は、私に対してだけは律儀者なのだ。一度魔王を倒すと私に宣言したからには、途中で投げだして戻ってくるはずがない。

すると、私の表情から言いたいことを察したのだろう、明日中に帰ってくると言った雑貨屋のおばさんが「違うわよぉ」と言いながら片手をヒラヒラさせた。

「クリスちゃんが魔王退治を自分勝手にやめるだなんて、私たちの誰も思っていないわ。村に帰ってこようとするのは、クリスちゃんじゃなく、同行している神官さまよ」

「え？」

私の疑問符に答えてくれたのは、粉屋のおじさんだ。

「だってクリスは魔王を倒しに行ったんだろう？　あいつのことだ、きっと魔王城を一直線に目指すに違いないや」

「だよなぁ。でも、神官さまは、一度王城に行こうと思っているんだろう？」

「そうそう。たしかお城で任命式だか出発式だかやるんだってよ」

「勇者の他にも聖女さまや騎士さまなんかと一緒に旅立つって聞いたぞ」

「でも、クリスちゃんなら、みんなまとめていらないって言うわよねぇ？」

「絶対、城なんて寄らずに魔王城を目指すに決まっているさ」

粉屋のおじさんに続いて、村人たちがわらわらと会話に加わってくる。

なるほど、言われてみればそのとおりだ。

魔王討伐の旅とはいっても、そこにはいろいろプロセスがある。勇者に選ばれた兄を、王都から神官が迎えに来るのもプロセスなら、その勇者が王城で国王から正式な認定を受け、出発式を行うこともプロセスだろう。

それに、村人の言うとおり、勇者は単独では魔王討伐に行かず、勇者一行と呼ばれるチームを組むというのが、古今東西のセオリーだ。事実「勇者の冒険」の中でも、聖女や騎士、魔法使いなど、勇者を助ける仲間と共に旅立っている。

彼らが王城で勇者の到着を待ち構えているのは、想像に難くない。

――まあ兄ならば、そんなプロセスや仲間なんて、まったく必要としないだろうが。

そんな兄の思惑とは別に、同行した神官が兄を王城に連れて行こうとするのは明白だった。そして兄が、彼の言うことを聞く可能性が一ミリもないことも。

「暴走するクリスちゃんを説得してお城へ行くように言い含められる人なんて、シロナちゃん以外いないでしょう。神官さまには絶対シロナちゃんが必要になるっていうわけよ」

――え？　なにそれ、面倒くさい。私はモブなんだから必要ないでしょう？

私の心情とは裏腹に、おばさんの言葉を聞いた村人は一斉にうんうんと頷く。

そんな中、村長が口を開いた。

「一応、わしも神官さまにその辺の説明はしたんだがな。なかなか信じてもらえなかったのさ。なんといっても、クリスは見た目だけは穏やかで立派な好青年だからな。きちんと話せば理解してくれるはずだと言い返されたよ。……むしろ『お前の言い方が悪いんだろう』とバカにされたくらいだ」

ハハハと、村長は空笑いする。しかし、彼の小さな目は、暗い光をたたえていた。

「仕方ないから、クリスが暴走したとき用の対処メモだけ押しつけてやったのさ。いやいや受け取って鞄《かばん》に放りこんでいたが……そのうち必死な形相で探しだして読むんだろうな。そのときの焦りまくった顔を見てやりたい」

――村長の笑顔は、たいへん黒かった。きっと神官とのやり取りの中で、かなり鬱憤《うっぷん》がたまったに違いない。

「……なんてメモしたんですか？」

「クリスが暴走したら、とにかく村に連れて帰れってことだよ。暴走したクリスを止められるのはシロナちゃんしかいない。そこで『シロナちゃんが泣いてるからすぐ帰れ』って言えば、一発でクリスは村に帰るってな」

それは、間違いなく効果抜群だろう。たとえどこでなにをしていようと、すべてを放りだし駆けつけてくる兄の幻影が、目に浮かぶ。

「俺も明日に賭けるぞ！」

「俺だって」

「むしろ今日明日中にそのメモが見つからなきゃ、神官さまはクリスに置いてけぼりにされるんじゃないのか？」

「本気のクリスについて行くのは、無理だからな」

「……てことは、このまま魔王城まで暴走往復で、十日後かな？」

兄が、北の果ての魔王城まで十日で往復可能というのは、村人全体の共通認識らしい。

賑《にぎ》やかに賭けを続ける村人たちを、私は呆れかえって見つめていた。


――幸い（？）にして、兄は翌日早朝に村へ帰ってきた。

神官が、ボロボロになっていたのは、言うまでもない。


そしてその日の午後、私は訪問者を迎えていた。

「シロナさん、お願いです。勇者さまと一緒に魔王討伐の旅へ同行してください！」

私に対し深々と頭を下げているのは、疲れきった顔をしている神官だ。

村人たちの予想どおり、兄の暴走にほとほと手を焼いた神官は、兄に対する一番の抑止力として、私自身を一緒に連れて行くことにしたのだ。

「頼む、シロナちゃん！」

村長も並んで頭を下げていた。見れば両親も懇願の目を向けてきていてなんとも断りづらい雰囲気だ。

「シロナと一緒に旅行できるのか？　…………嬉しいっ！」

兄は、もちろん大喜びだった。

魔王討伐の旅とか、ちょっとは私が危険だと思わない──んだろうな。兄ならむしろ魔獣とか魔王軍とかとの戦いで「自分のカッコイイところをシロナに見てもらえてラッキー」とか思っていそうである。

まあ私自身、兄が一緒で自分に危険が迫るなんて、ちっとも思えないのだけれど。

仕方ないので、条件をつけてオーケーした。


──まず条件その一。きちんと賃金を支払うこと。


「賃金?」

「ただ働きはしませんよ」

兄を含めた勇者一行には、魔王討伐成功後に国王から「望みはなんでも叶《かな》えよう」なんていう太っ腹な報酬が約束されているらしい。

しかし、その勇者一行の中に、兄のストッパー的役割の私が含まれるとは思えなかった。

もちろん私は、将来的にはその兄から養ってもらう気満々でいるのだが、それは私が魔王討伐の旅に参加するしないにかかわらずもらえる確定報酬。それとは別に働くのだから、その分の賃金は、きっちり支払ってもらいたい。

人類の敵である魔王討伐の旅なんだから、報酬なんて度外視で協力するのが当然だなんて言う聖人君子も世の中にはおられるのかもしれないが、そういうサービス精神は自分はよくても他人に迷惑をかけるだけなので、やめていただきたい！

　私の要求に、神官はちょっと引きながらも頷いた。


　――――条件その二。アフターケアーはしっかりしてほしい。

「アフターケアー？」

「旅だった後のことです。まさか、面倒くさい仕事を押しつけるだけ押しつけて、後は知らんぷりなんてするつもりじゃないでしょうね？」

　魔王を倒す勇者一行は、最終目標こそしっかりあるものの、軍でいうのなら遊撃隊だ。王国軍と魔王軍の正面切っての戦闘とは別に、魔王城へ至る様々なルートから臨機応変に道を選び、必要に応じた戦いをして、最終的に魔王を倒す。

　とはいえ、軍は軍だ。軍の部隊が動くなら、当然補給が必要になる。いくら少数精鋭でも食料や消耗品、あと現地調達するのならその分の金銭の補充は不可欠なはず。

「も、もちろんです。必要な品々は旅立ち時にも十分にお渡ししますが、その後も勇者一行が立ち寄りそうな各地に手配済みです。それ以外でも要望があれば、適宜渡せるように準備は整えています」

「その中に、私の分はありますか？」

「あ……」

　そんなことだろうと思った。

いくら余分に用意してあるとはいえ、十人二十人にひとり増えるのと、四～五人にひとり増えるのとでは、割合が違う。ましてや私は女性。勇者一行に女性が何人いるかはわからないが、ひょっとしたら聖女ひとりだけということもあり得るのだ。その場合、女性用品は二倍準備してもらわなくては困る。

「私が不自由すると、兄が怒りますよ」

「……っ、わかりました」

神官は、たちまち顔色を悪くした。よほど兄が怖いのだろう。

――そして、最後の条件その三。私に嫉妬しないこと。

実は、これが一番重要である。

「嫉妬？」

「主に、聖女さまとか、聖女さまなんですけど！」

重要なことなので、二回言いました。

神官は、酸っぱいものを食べたような顔になる。

――兄は、イケメンだ。そりゃあもうカッコよく、兄を見た女性の十人中十人は惚《ほ》れるんじゃないかというような美々しさっぷり。

……なのに、シスコンなのだ。

おかげで、私は幼い頃から兄狙いの女性に嫉妬されまくっていた。兄に恋する女性たちは、みんな私を自分の恋の障害物だと認定し、私さえいなければ兄の気持ちは自分に向くのだと思いこむ。

実際は、そんなことはないはずなのに。

たとえ私がいなくとも、兄がその人を愛するかどうかは不確定だ。兄の一番はたしかに私だが、二番以下の女性は今のところ影も形もなく、私がいなくなったからといって繰り上がる女性はいないのが現状だ。

なのに、なんでみんな私さえいなければ自分が選ばれると信じてしまうのだろう？

しかも今回、兄の近くにいる女性は限られることになる。最悪聖女さまだけだという可能性もあるが、その場合聖女さまは、私さえいなければ兄の一番になれると思いこむに違いない。

「私は、神官さまにお願いされて、いやいや、渋々、心ならずもやむにやまれず、兄と同行することになったのです。そのことを勇者一行の女性陣、特に聖女さまに、きっちり、しっかり、ばっちり言い聞かせてくださいね！」

私は、くれぐれも念入りにと依頼した。本当は、一緒に行く女性全員から血判を押した宣誓書をだしてもらいたいくらいなのだが、さすがにそれは諦める。

よほど私は必死だったのだろう。神官は、若干引きながらも「わかりました」と言ってくれた。

まだまだ不安だが……まあ、今の時点ではこれ以上できることはない。

こうして一抹の不安を抱えながらも、私は同行を決めたのだった。

――ホント、大丈夫かな？　この旅。

◇勇者クリスの独白◇

僕には、生まれる前の記憶がある。

そのことは誰にも言ったことがない。秘密にしているとかそういうことではなくて、ただ単に僕自身がその記憶に興味を持てないからだ。

――前世の僕は、英雄だった。騎士の家系に生まれ、たゆまぬ努力と血反吐《ちへど》を吐くような鍛錬を経て、魔竜をも倒す力を身につけた。

それもこれもただひとりの少女のため。前世の僕は、国を救うために魔竜への生贄《いけにえ》となった優しい王女に恋をして、彼女を助けるために命がけで戦ったのだ。

その努力は実り、魔竜を倒し英雄となり、僕は褒美として王女との結婚を許された。

嬉しいことに彼女も僕を愛してくれ、僕らは幸せになれるはずだった。

それが叶わなかったのは、王女の兄である王子のせい。

英雄となった僕を、自分の王位継承への脅威とみなした王子は、僕を卑劣な罠《わな》に嵌《は》め罪を着せ、処刑しようとしたのだ。

絶体絶命の危機を救ったのは、愛する王女。僕を庇《かば》った彼女は無残にも殺されてしまう。

目の前でそんな光景を見た僕が、どうして正気でいられただろう。愛する人を喪《うしな》って……怒り、嘆き、絶望し、暴れ狂って……元凶の王子はもちろん、その世界の半分を消し去った僕は、心を壊し自ら命を絶った。

　彼女のいない世界で、生きることなんてできなかったのだ。

　しかし、そんな僕を哀れに思い救おうとする存在がいた。

　それはその世界の女神で、文字どおり僕の魂を両手のひらですくった女神は、僕を他の世界に転生させてくれると言った。

『苦労して魔竜を滅ぼしてくれたのに、こんな結末じゃ申し訳ないもの。……今ある英雄の力もそのままつけるし、なんならもっとすごいチートも授けてあげるわ！　その力を持って転生して、新しい世界で幸せになりなさい』

　それはきっと、神としても破格の提案だったのだろう。

　しかし――――。

「……妻がいない世界に転生しても、僕には無意味です」

　それでは今と同じだ。どんなに強い力があっても生きる意志のない僕は、最悪その世界を道連れにして、自分を終わらせてしまうに違いない。

　僕にはそれがわかった。

　女神は困ったような顔をする。

『あらいやだ。それじゃまるで悪役ね。その世界にはもう魔王がいるから、これ以上敵が増えたら人類は滅亡しちゃいそう。……そうね、だったらあなたの愛した王女の魂もその世界に転生させることにしましょう。彼女と一緒なら死なずにいられるのよね？』

ただ、彼女の魂は、もう既に浄化を終えて真《ま》っ新《さら》な状態で他の世界に転生済みなのだという。再転生させるためには、今いる世界で寿命を終えるのを待たなければならないらしい。

『彼女のいる世界とあなたがこれから行く世界では時の流れが違うから――そうね、待つのは二、三年ほどになるかしら？　それくらいなら待てる？』

あまり自信が持てなかった僕は、妻と出会えるまでは自分の感情を凍結してもらいたいと願った。待ちきれなくて、うっかり世界を壊してしまう可能性があるからだ。

『そうは言われても、私もそんなにあなたばかりつきっきりで見ていられないし、人間の世界ってちょっと目を離すと十年くらいすぐに経っちゃうのよね。……そうね。それならいっそのこと、彼女以外には心が動かないようにしておくわね。関心を持てないものをわざわざ壊そうとはしないでしょう？』

こうして僕は、心を持たない赤子としてこの世界に転生した。

それでも、さすがに生まれたときは、おぎゃぁおぎゃぁと産声を上げたのだが、それから一切泣くことも笑うこともなく生きていく。

そんな僕を、今世の両親はなにか障害を持っているのかと心配した。しかし、体の成長はいたって順調で、言葉の覚えも早く教えられたことはすべて一度でマスターする僕に、障害なんて見つかるはずがない
なんでもかんでもできるのに、感情表現だけできない僕の歪《いびつ》さが露《あら》わになったのは、二歳になった冬の日のことだった。

質《たち》の悪い伝染病に罹《かか》った家鴨《あひる》を、僕は皆殺しにしたのだ。病に罹っていた数羽はもちろんのこと、元気だった残りもすべて一緒に。

もちろんそれ自体は悪いことではないはずだ。家鴨の伝染病を防ぐには必要なことで、両親も全羽殺処分する準備をしていたそうだ。

しかし、わずか二歳の子どもが、今はまだ何事もない家鴨を殺す必要性を自ら理解し、躊躇《ためら》いなく手にかけたことは異常という他なかった。

しかも現場を発見し「辛かったでしょう」と僕を労《いたわ》ってくれた母に対し、僕は「なんで？」と聞き返してしまう。

「あなたも一生懸命家鴨の世話をしていたじゃない」

「うん。世話をするのも病気になったから殺すのも、必要なことだよね」

そう言った僕を、母は抱き締め涙をこぼした。

その後も、僕の異常性は際立つばかり。

無意識に僕が自分たちと違うことを感じとったのだろう。僕より一回りくらい体の大きい年上の子が喧嘩《けんか》をふっかけてきたときには、軽くあしらうつもりで殴り返し、殺しかけてしまった。

そんな中でも、父母はなんとか僕にものの善悪を教えこもうとしたのだが……うまくいくはずもない。

「弱い者をいじめちゃダメよ」

「どうして？」

「相手が怪我したらかわいそうじゃない」

「別に」

「お前だっていじめられたらイヤだろう？　自分がされてイヤなことは、他人にしたらいけないぞ」

「……イヤってなに？」

「胸がモヤモヤしたり、息苦しくなったりすることだ」

「そんなのなったことないもの」

僕の心は前世の妻以外には動かない。彼女以外になにをされても、心も体も反応しなかった。

「人には親切にしなきゃダメなのよ」

「どうして？」

「相手に喜んでもらえたら嬉しいでしょう？」

「……嬉しいってなに？」

「胸がドキドキしたり、温かくなったりすることよ」

「そんなのなったことないもの」

彼女以外に心が動くはずがないのだから、両親も諦めてくれればいいのに。

たぶん僕がもう少し愚鈍であったなら、そこまで問題にならなかったのかもしれない。しかし、僕は三歳にしてAランクの魔獣を狩ってしまうほどの力の持ち主だ。強い者に常識が通じないことほど恐ろしいものはない。

村人たちは僕を怖れ、そして両親は、おそらく純粋に僕のためにもなんとかしなければと悩み続けていた。

そんな父母を救ったのは、ようやく出会えた僕の最愛だ。

ある日、山の奥深くの崖上に一本だけ生えている大欅《おおけやき》の下で、彼女は大声で泣いていた。

最初、その声を聞いたときにはうるさいと思っただけだった。どうしてこんなところに赤子が？ と思わないでもなかったが、それより泣き声が耳についた僕は、その子を崖下に落とそうとして覗《のぞ》きこみ——————そうしたら、赤子がピタリと泣きやんだのだ。

開いた目は、欅の葉と同じ緑色だった。その緑が、僕の目を貫く！

気づけば、息を止めていた。体は動かず、なのに鼓動だけが激しく鳴り響く。

赤子が、僕を見て笑った瞬間——————涙がこぼれた。

「……シロナ」

シロナというのは、前世の妻の愛称だ。正式にはリオノーラフィアシロナという長い名前なのだが、本人が面倒くさがり『シロナ』と呼んでほしいと願われた。

無邪気な笑顔で僕に向かって手を伸ばす赤子が、僕が待ち焦がれていたシロナだということは疑いようもない。

だって、涙が止まらないのだ。彼女を見たいのに、今の彼女の姿をこの目に焼きつけたいのに……次々と溢れる涙で視界が滲《にじ》み、よく見えない。

それでもなんとか手を伸ばし、怖々抱き上げた彼女は……とても軽かった。小さくて、今にも壊れそうで、僕は大切に……この上なく大切に、ようやく会えた愛《いと》しい人を抱き締める。

腕の中のこの小さな命が――ただそれだけが、僕のすべてだった。

もう二度と離さない。……僕の最愛！

この世界に生まれ二度目に流した涙は、なかなか止まらなかった。


その後、幸いにして赤子は我が家に引き取られることになった。

彼女を発見した大欅の周囲に、親と思わしき人物がいなかったため、捨て子だと判断されたのだ。

これまで何事にも心を動かすことのなかった僕が、赤子には反応を示すのだから、両親はなにを置いても彼女を引き取りたいと主張した。

「――シロナが泣いている。どうしたのかな？」

もちろん僕だって、片時も彼女から離れやしない。

彼女の名前を『シロナ』と名づけたのも僕だ。

「お腹《なか》が空《す》いているのかもしれないわね。抱っこしてミルクをあげてちょうだい。優しくよ」

母は、嬉しそうにそう言った。

「うん！　………あ、笑った」

「よかったわね。嬉しい？」

「うん。とってもドキドキする」

これだけのやり取りでも、両親は大感激。父などは大号泣した。

僕がこれまで理解できなかった一般人の良識も、シロナを間に挟むことでわかるようになる。

「弱い者をいじめちゃダメよ」

「どうして?」

「お兄ちゃんが喧嘩なんてしたら、シロナが泣いちゃうからよ」

「うん、わかった。僕いじめないよ!」

シロナを泣かせることは、絶対できない!

「人には親切にしなきゃダメなのよ」

「どうして?」

「親切で優しいお兄ちゃんの方がシロナは好きだと思うわ」

「本当?」

「もちろん。きっとカッコイイって褒めてくれるわよ」

シロナに褒められるためならば、なんでもやろう!

努力の甲斐《かい》あって、シロナは「パパ」や「ママ」よりも先に、僕を「にぃーに」と呼んでくれるようになった。……次に覚えた言葉が、叱るときの「めっ!」であったのは、ちょっと納得できなかったけど。

「にぃーに、めっ!」

「にぃーに、いい子いい子」

たとえどんな言葉であろうとも、シロナが僕にかけてくれるのであれば、それ以上はない。

シロナに叱られたり褒められたりして、僕は徐々に普通になっていった。

ただ、残念ながらそれはシロナありきのこと。シロナが関係していない事項に関しては、僕は以前のままだ。シロナ以外の何者に対しても僕の心は動かない。僕の行動基準は、シロナが喜ぶか悲しむかの二択だけ。

でも、それでいい。シロナが側にいてくれるのなら、それだけで僕の世界は輝くのだから。

第二章　勇者一行と私の秘密

その後すぐに、私は兄と一緒に長年暮らした村を旅立った。

私という安定剤を手に入れた兄は、今度は暴走することなく旅路はいたって順調。七日後には王都に着き城に招かれる。

早々に兄以外の勇者一行のメンバーに引き合わされた。

「アレン・ヴァルアックだ。これでも剣の腕には自信がある。会えて嬉しいよ。よろしく頼む」

爽やかな笑顔で真っ先に挨拶してくれたのは、柔らかな茶髪の王子さまみたいな青年――だと思ったら、本物の王子だった。

『騎士』として勇者一行に加わるのだそうだが、大丈夫なのかな？

なんでも、代々の魔王討伐に王族が同行するのは決まりごとらしく、幼いときから鍛錬を積んできたのだと笑いながら教えてくれる。

――それに、そうだ。そういえばこの国は女系継承国家だった。

前世日本でいうところの女系継承とはちょっと違うのかもしれないが、要は王位継承権が女性にしかないということで、現在の王も女王陛下だ。

つまり、目の前の彼は王子ではあっても次代の王を称する王太子ではなくて……言い方は悪いかもしれないが、王族の中では重要度が低いのだろう。

――――魔王討伐の旅で万が一死んでしまってもさほど影響が大きくない存在ってことよね？

なんで女系継承になったのかという歴史的背景はよくわからない。ただ、私にこのことを教えてくれた領主さま曰《いわ》く「女王陛下ご自身が産んだ御子《みこ》であれば、間違いなく陛下の血を引いておられるとわかるから」ではないかということだった。

たしかに、女王の子は間違いなく王の子だ。一方、国王の妻である王妃の子が間違いなく王の子かと問われれば、そうとは限らないと答える他ないだろう。悲しいことに、この世界にも不貞や浮気はあるし、反対にＤＮＡ鑑定は聞いたことがない。確実に王の子を次代の王にするのなら、女系継承が間違いないのは、誰でもわかること。

まあ、血の繋《つな》がらない親に育てられた私からしたら、だからなんなの？　という感はあるのだが。どうしても血族が継がなければならない理由が、この国にはあるのかな？

「バルバラ・ダウラーラと申しますわ。癒しの力を持っています。……こんなに素晴らしい勇者さまにお会いできて幸せですわ」

私が考えこんでいる間に、自己紹介は次に移っていた。

両手を組み白い頬を赤くして兄をうっとり見つめるのは『聖女』だ。公爵令嬢らしく立ち居振る舞いが優雅なのだが……既に私には悪い予感しかしない。

神官が条件その三をしっかり伝えてくれていることを祈るばかりだ。

「ローザ・サルヴァン……魔法使いです」

次いで小さな声で名乗ったのは、黒髪を長く伸ばした女性だった。手には長い杖《つえ》を持っていて、いかにも魔法使いらしい。

しかし、チラチラと兄に向ける視線は、ちょっと普通と違うような？　かなり興味津々だということだけは、よくわかるんだけど。

――――なんだか、段々頭が痛くなってくる。

「ノーマンという。冒険者であちこち旅をしているから道案内は任せてくれ」

そう言って控えめに笑うのは、この中では一番年上に見える三十代ほどの男性だった。体はよく鍛えられているし身のこなしにも隙がない。兄には敵《かな》わないだろうけど、かなり強いことがうかがわれた。……たぶん、実戦であれば王子より強いのは間違いないはず。

「――――僕は、クリス。で、彼女は僕の世界一大切で可愛い妹のシロナだよ」

勇者一行から挨拶を受けた兄は、満面の笑みでそう言った。

私の両肩に手を乗せると、ずずぃっと前に押しだしてくる。

「兄さん――――」

「シロナは、本当に優しい子なんだ。魔王討伐の旅になんかついてこなくてもよかったのに、僕のために特別に一緒に来てくれたんだから！」

本気でそう思っているのが丸わかりの声で、兄は私を褒めまくる。無駄にいい声なのに、シスコン炸裂《さくれつ》発言なのが、心底もったいない。

聖女は、せっかくの美しい顔を歪ませギリギリと睨《にら》みつけてきた。

魔法使いも目を丸くして、兄を凝視している。

王子は緑の目をパチパチと瞬き、ノーマンの顔は引きつっていた。

「もうっ！　ダメよ兄さん。私はあくまで兄さんのつき添いなんだから。他の人にとってはいないと同じ存在なの。皆さまが聞きたいのは兄さんのことなのよ。ちゃんと自己紹介してちょうだい」

私は仕方なく兄を叱る。

「こんなに可愛いシロナがいないと同じだなんて……そんな奴《やつ》らと一緒に行きたくない」

「そんなこと言わないで。神官さまと約束したでしょう？」

「……したけれど」

「だったら約束は守らなきゃ。……私、約束を守れる誠実な兄さんが好きよ」

「本当？」

「本当よ。本当」

「わかった。じゃあ守るよ。――――あらためて、クリスだ。勇者に選ばれたそうなので、魔王を倒すつもりでいる。剣が得意だけど、槍《やり》も弓もそれなりに使える。魔法もだ。武器なしでも魔獣の二、三十頭なら余裕で倒せるから安心してほしい。旅の間よろしく頼む」

シスコンから勇者に変じた兄は、キリリとした表情で流暢《りゅうちょう》な自己紹介を済ませた。

実は、村から旅だった翌日からこっそり練習していた挨拶だったりする。そうでないと、私以外の他人にまったく興味のない兄が、なにを言いだすか――――いや、ひょっとしたらまったくなにも言わないか――――わからなかったからだ。

背筋を伸ばし真っ直ぐ前を見て堂々と話す兄は、文句なくカッコよかった。

聖女と魔法使いの頬は赤くなるし、王子と冒険者も「おおっ」みたいな顔をしている。

――――いつもこうならいいのだけど。

挨拶を終えた兄は、クルリと私の方を振り向くと、パッと花咲くように笑った。

「どうかな、シロナ？　うまく挨拶できたかな？」

いつものように膝を折り姿勢を低くして、顔をうつむけると頭を私の方に突きだしてくる。

正直やめてほしいのだが、頑張った兄にご褒美をあげないと十日は拗ねまくるので、私も対応せざるを得ない。

「ハイハイ。とってもよかったわよ。兄さんが挨拶できて私も嬉しいわ。女王さまとの謁見もこの調子で頑張ってね」

私は、いつもどおり兄の頭を無造作にわしゃわしゃとなでた。そういや散髪し損ねたなと、長い襟足の髪を見ながら思う。

私の手を頭に乗せたまま、顔を上げた兄の碧い目がジッと見上げてきた。

「――――シロナ、本当に嬉しい？」

「ええ。もちろんよ」

「そっか。…………へへ、僕も嬉しいな」

ここまでがワンセット。

王城であれどこであれ、兄は平常運転だ。とても幸せそうにニヘラと笑う。

ものすごく締まりのない笑みなのに、それを見た聖女と魔法使いは耳まで赤くして、王子は口をポカンと開ける。

「…………大丈夫か、この勇者」

冒険者のノーマンの呟きに、激しく同意したい私だった。


そして、その三時間後。

「――――勇者クリス、騎士アレン・ヴァルアック、聖女バルバラ・ダウラーラ、魔法使いローザ・サルヴァン、戦士ノーマン……そなたたちに魔王討伐を命ずる」

厳かな雰囲気の王城の大広間に、女王の声が響く。

一段高い玉座の前に跪《ひざまず》いていた兄たち勇者一行は、左胸に右手をあて一斉に頭を下げた。

「承りました」

代表して兄が返答する。

惚れ惚れするような美声と絵画の一幕のような姿に、勇者一行の出発式を見守っていた周囲から「ほうっ」とため息が漏れた。

――――うんうん、よかった。今のところ、兄は余計なことはなにもしていない。まあ、昨日きっちり予行演習をさせ、このとおりにしなければ今後十日間は口をきいてあげないと脅してあるので、おそらく大丈夫だとは思っていたのだが。

粛々と行われる出発式を、私は大広間の左端中央付近で見ていた。勇者一行と一緒に旅するとはいえ正式なメンバーではない私は、一行の中に入れなかったのだ。さらに厳密に言うのならば、別段この場にいる必要もない。ただ、兄がなにかしでかしたときのストッパー役として参列してほしいと、神官に頼まれただけ。

あと、それとは別に、兄も私と一緒じゃなければ出発式に出ないと駄々をこねたせいもある。自分の隣に並ばせようとする兄を説得するのは、なかなかたいへんだった。

そんな残念シスコンだなんてとても見えない兄が、女王の前で静かに立ち上がる。姿勢を正し長いマントの右側をパサリと肩にかけた。上げられた顔はキリリと引き締まり、視線は真っ直ぐ前を射貫《いぬ》く。

ただそれだけの動きなのに、息を呑《の》むほど美しかった。

「――ああ、なんてステキなのでしょう」

「ええ。これほど完璧な勇者はいないわ」

「一度でいいから、あんなに美しい人から剣を捧《ささ》げられてみたい！」

うっとりとため息交じりの声が周囲のご令嬢たちから聞こえてくる。

うんうん。たしかに気持ちはわかるわ。見目麗しい騎士さまに愛と忠誠を誓われるのは、乙女の夢だもの！

それは恋愛ファンタジーの王道。女性なら誰だって一度は、騎士に愛を請われるシーンに憧れても不思議はない。

もちろん私だって例外じゃないわ！　そう、例えば――――。

そこは、荘厳な教会のステンドグラスが美しい部屋の中。大きな窓から満月が部屋に光を落としているの。

白いドレスに身を包みひっそりと立つ私の前には、跪くひとりの騎士。――――輝く金髪に銀の鎧、立派なロングソードを両手に捧げ持った騎士は、顔をうつむけたまま誓いの言葉を紡ぐ。

『我が剣、我が身、我が心。すべてをあなたに捧げます。あなたを愛し守り抜くことを、どうか私にお許しください』

胸をドキドキと高鳴らせながら、私は騎士から剣を受け取り、その刃を彼の肩に当てる。

『許します。……私も、あなたを愛しています』

私の声を聞いた騎士は、ビクリと体を震わせて……喜びに輝く顔を上げた！

………………って！　えぇっ！　どうして、騎士が兄さんなの？

びっくりした私は、自分の妄想を慌てて打ち切った！

バクバクバクと心臓がありえない速さで走っている。

――いやいや、ないない！　兄さんはない！　そりゃぁ、私と兄さんは血の繋がらない兄妹だけど……でも、やっぱり兄妹だ。

もうっ！　私ったら、なんて妄想しちゃったのよ！

後ろめたくなった私は、キョロキョロとあたりを見回した。自分の頭の中だけの映像が誰かに見られるわけでもないのだが……なんというかそれくらい動揺してしまったのだ。未《いま》だ激しい胸の鼓動を鎮めるためにも、私は兄だけを避けて視線を巡らせる。

――結果、とんでもないいことに気がついてしまった！

――兄の目の前。玉座に王冠を被《かぶ》って座っている女性が、私の産みの母だろう人物とそっくりだった件。

…………いやいや、ちょっと待って！

思わず心で叫んでしまう。

私が産まれたのは十五年前だ。当時の私は赤子だったけど意識は今と同じ状態ではっきりしていた。だから母の顔をしっかり覚えている。

私は一瞬下を向き、そしてもう一度顔を上げ女王の顔をよく見た。

――間違いないわ。この人はあのとき自分を転移させたお母さんよ！

脳裏に蘇《よみがえ》るのは、豪華絢爛な部屋とキラキラと輝いていたガラガラ。女騎士もついていたしそれなりに地位の高い女性だろうとは思っていたけど、まさか女王だったなんて……。

私は、また下を向いた。ギュッと唇を噛《か》む。叫びだしたくなる心を、懸命に鎮めた。

――お母さんなのに……せっかく会えた私のお母さんなのに！　こんなんじゃ、近寄ることもできないじゃない！

だって、私の記憶がここまで鮮明なのは、私が転生者で赤ちゃんのときからの記憶があるせいだ。

普通の子どもは、そんな小さな頃の記憶なんて覚えていられないし、わかる方がおかしい。ここで私が「恐れながら」と名乗り出たところで、誰も信じてくれるはずがなかった。

虚言と断じられ罰せられるのがオチで、不審人物認定されるのは間違いない。不敬罪で牢屋《ろうや》送りになってもおかしくない事態だ。

——そんなのお断りよ！

自分の母を母だと言うだけで罪になるなんて、絶対いやだ。

それに、私が転移させられたのは、覆面を被った悪漢に襲われたせいなのだ。つまり命を狙われたのであって、その命の危険がなくなったという保証は、今のところどこにもない。

……まあ、母が生きているということは、あのときの悪漢は退治されたと思うのだが——現行犯とは別に黒幕がいるというのが、こういった場合のセオリーだろう。

そんな命を狙われるような場所にのこのこ現れるなんていう、飛んで火に入る夏の虫みたいな真《ま》似《ね》したくなかった。

そして、たとえこれらの障害がすべて解決したとしても、絶対私が名乗り出たくないと思う理由が他にある。

——だって、この国は女系継承国家なのだもの。

式典前に神官に聞いたのだが、王太子は現女王の妹で、なんと王位継承権第二位は、その妹が嫁いだダウラーラ公爵家の娘である聖女バルバラなのだとか。

——あの聖女さまが次の次の女王だとか……大丈夫なの？

とはいえそれはあくまで順位の話。女王の直系女子がいない今、王太子以下の継承権は、女性王族の中で変動可能なものらしい。だからこそ聖女の力を持つバルバラは、勇者一行の旅に加わり自分の地位を確実にしたいようだった。

まあそれはともかくとして、ここで私の母が女王だとした場合のわかりやすい三段論法を唱えてみよう。ちなみに女王には、私以外の女児はいない。

大前提――私は、女王の娘だ。

小前提――女王の娘は、次期女王となる王太子だ。

結論――だから、私は王太子で、次の女王となる。

……絶対！　絶対！　絶対！　断じてお断りである！

そもそも、私が産まれてすぐに襲われたのだって、王位継承権争いが原因だとしか思えないのだ。それなのに、今さらなんで殺されるかもしれない舞台に上がりたいと思うだろう。それがなくとも、統治者なんて心身共に疲れきること確実な、面倒な職業に就きたいなんて思えない！

――私は兄の世話で手一杯なのよ！

やはり、ここは全力で見なかったことにするしかあるまい。私は心の中で決意した。

――ああ、でも……お母さん、生きていてくれてよかったな。

そう思うくらいは自分に許そうと思う。一応、十五年ぶりの再会なのだもの。親孝行はできないけれど、長生きしてほしいと願うくらいはかまわないよね。

――――きっと私がいない方が、平穏のはず。

もう視線は外してしまったけれど、女王の姿は目に焼きついていた。キラキラした王冠を戴《いただ》いていて、両脇には渋い魅力のイケオジ騎士が控えていた。片方は穏やかそうな紳士で、もう片方は独眼竜政宗みたいな眼帯をした迫力ある偉丈夫。……ひょっとしたら、二人のどちらかが私の父なのかもしれない。できれば、穏やか紳士の方だといいな。

脳内で、いろいろ考えを巡らせる。

この後、式の間中、私は顔を上げられなかった。


「シロナ、どうしたの？　お腹が痛かったの？　大丈夫？」

――――そして、今、ここである。

出発式が終わった途端、兄が私の元に飛んできた。ちなみに、周囲にはまだ大勢の人がいて、式の主人公だった勇者の慌てぶりに、全員目を丸くしている。

「に、兄さん。私は大丈夫よ」

「大丈夫じゃない！　シロナ、式の途中でうつむいて、ずっとそのままだったじゃないか。もう僕は心配で、心配で……シロナとの約束がなかったら、あんな式なんて放りだして駆けつけていたのに！」

……しっかり約束しておいて、よかった。

「よしよし、兄さん。よく我慢したわね。私は、兄さんがあんまりカッコよくて感動していただけだから、心配ないわ」

とりあえず褒めて誤魔化そう。

「本当？　本当にカッコよかった？」

「もちろん。最高だったわよ！」

「そっか。……へへへ、嬉しいな」

とはいえ、衆人環視のこの中でなでなでを要求してくるのはやめてほしい。いつものように頭をさしだそうとしてくる兄を、全力で押し返した。

――――周囲の視線が、痛いんだもの。

「に、兄さん。私お腹空いちゃったな。早く部屋に戻ろうよ」

現在、兄と私は王城の中の一室を借りて泊まっている。一室といいながら、広さは我が家が丸ごと入るんじゃないかというくらいで、たいへん居心地が悪いのだが、ここにいるよりずっとマシ。

「お腹が空いた？　それはたいへんだ。すぐ行こう！」

兄は言うなり私を横抱きにした。

「に、兄さん！」

「歩くとお腹が空くからね」

そこまで空腹なわけじゃない！

しかし、これ以上言い争っては、ますます注目を引くだけだ。泣く泣く黙った私は、兄の首に手を回した。……一刻も早くこの場から立ち去りたい！

なのに――――。

「大丈夫かい？」

心配そうに声をかけてきたのは、アレン王子だった。彼の後ろには、バルバラとローザ、ノーマンも立っている。勇者一行が勢揃いだ。

「だ、大丈夫です」

とはいっても、本気で心配していそうなのはアレンだけみたい。バルバラは、忌々《いまいま》しそうに私を睨んでいるし、ノーマンは呆れ顔。ローザの顔は、マントに隠れて見えないけれど、あまり私を気にしていそうな様子はない。

「具合が悪いのでしたら、城の使用人に世話を任せればよろしいのですわ。私どもは、これから行われる壮行パーティーに出席しなければならないのですもの。さあ、勇者さま、参りましょう」

バルバラはそう言って、兄に手をさし伸べた。

そう言われれば、そんなパーティーがあったような？　たしか、国主催ではなく、一部の貴族が自主的に行うもので、参加は自由と言われていたはずだ。

翌日には魔王討伐に出かけなきゃいけないような状況の中、パーティーなんてよくやるよなと呆れた私は出席するつもりもなかったので、すっかり忘れていた。

バルバラの手は、ほっそりとして白く嫋《たお》やかで、彼女が水仕事なんて一度もしたことがないのは間違いなかった。きっと今までその手を与えられた男たちは、誰しも感謝感激し恭しく押し戴いたことだろう。

しかし、兄にその対応を求めていたのなら、とんだ勘違いだった。

「シロナの世話を、僕が他の奴に任せるはずがないだろう。それに、シロナの具合が悪いのに、壮行パーティーなんて出るはずがない」

冷たくバルバラを一瞥《いちべつ》した兄は、私を抱えたままスタスタと歩きだす。通常どおりのシスコンだ。

屈辱で頬を赤くした聖女は、憎悪に満ちた目を私に向けてくる。

――――いや、そんな目で見られたって困るんですけど。

ひょっとして、まだ兄が筋金入りのシスコンだって、聞かされていないの？　それとも、まさか自分なら兄の目を覚ませるとか、思いこんじゃったりしていたりして？

どうしようと思っていれば、バルバラはさらなるダメ発言をする。

「……そんなに病弱な妹さんでは、私たちの旅についてこられるとは思えませんわ。城で待つか、故郷の村にお帰りになった方がよろしいのではないですか？」

いや、もちろん私だって、そうしたいのは山々よ。特に、今この聖女を見た後では、帰りたい願望は富士山より高くなっている。

この際、帰ってしまおうかと思った私の気分を察したのか、ここで思わぬ反論の声が上がった。

「ダ、ダウラーラ公爵令嬢！　それは、困ります。勇者さまの妹君が、魔王討伐の旅に同行するのは、女王陛下もお認めになった決定事項です。……ダウラーラ公爵令嬢におかれましては、今一度、陛下の令状をおたしかめいただけますよう、伏してお願いいたします！」

声の主は神官だ。そういえばこの人、私の隣にいたのだった。

聖女は公爵令嬢で、しかも王位継承権第二位の偉い人だ。そんなご令嬢にもの申すのは、神官にとってすごい勇気のいることだろうに……それだけ、私が一緒に行かなかった場合の兄の暴走が怖いんだろうな。

遠い目をしていれば、ギリッと歯ぎしりしたバルバラが、クルリと背を向け去って行った。その寸前に私を睨んだ目には、間違いなく殺気がこめられている。

あ～あ、と思っていれば、アレンが謝ってきた。

「すまないね。バルバラ嬢には、後で私からよく言っておくよ。疲れただろう。早く部屋に戻って休むといい。食事も部屋でとれるように用意するよ」

真っ直ぐこちらを見る緑の目は、女王陛下と同じ色。

……私も同じ緑の目だ。

そういえば、女王陛下が母ということは、この人は私の兄、なんだ。

「…………ありがとうございます」

珍しく兄――――クリスがお礼を言った。……うん。やっぱり私の兄は、こっちの兄だと思う。

兄は、そのまま歩きだした。

「あ、あの！　私も、なにかお手伝いできることありますか？」

後ろからローザが追いかけてくる。

「ありがとう。でも、不要だ」

礼は言ったが断った兄を、それでも未練がましくローザは見つめてきた。チラリと私を見てくるが、どうにもできないから諦めて。

ノーマンがガリガリと頭をかく。

「シロナ、なにが食べたい？」

「…………胃に優しいものがいいわ」

切実に、そう思った。


兄に抱かれたまま、王城の廊下を進む。辿《たど》り着いたのは重厚な扉の先の客室の、さらにその奥にある寝室だった。

真っ白なシーツに包まれたふかふかのベッドの上に、そっと下ろされる。

「うわっ！　まるで雲に寝ているみたい」

いや、雲になんて実際寝てみたことはないのだけれど、なんとなくそんな感じがしてしまう寝心地だ。

さすが王城のベッドと感心した私は、ゴロゴロと転がる。

「シロナ……可愛い！」

そんな私の様子を見た兄は、プルプルと震えだした。

誰がどう見ても、可愛いのは私ではなく、赤い顔で悶える兄の方に違いない。

「どうしよう？　こんなに可愛いシロナを、僕以外の奴も一緒の旅に連れて行かなきゃならないなんて……あの聖女もうるさかったし……今のうちに排除しておいた方がいいかな？」

もっとも、その口から漏れ聞こえるのは、物騒この上ない台詞《セリフ》。どうやらおかしなシスコンスイッチが入ったらしい。

「ちょっと！　ダメよ兄さん。排除なんて！　なにをするつもりなの？」

「大丈夫。殺しはしないよ。……足の骨を折るとか腱《けん》を切るとか、歩けなくするくらいで」

「絶対、ダメよ！」

全力で止めた。

「え～？　だって、あんな奴らいなくても魔王討伐に支障なくない？」

たしかにそうかもしれないけれど。

「それでも、ダメ！」

兄は、不満そうに口を尖《とが》らせた。

「……シロナがそう言うのなら」

渋々ではあるが、思いとどまってくれる。

「その代わり、今日から旅が終わるまで、シロナは僕と寝ること」

ところが、おかしな交換条件を言いだした。

「……なんで？」

「可愛すぎるシロナが襲われたらたいへんだから」

そんな心配は、まったく無用なのに。

「一緒に行くのは、勇者一行に選ばれた人たちなのよ。皆さん品行方正に決まっているじゃない」

「さっきの聖女を見ても、そう言えるの?」

それを指摘されると、弱かった。

「でも兄さん、私はもう十五歳なのよ。兄さんだって十八歳だもの。一緒に寝るのはおかしいわよ」

幼いときは兄と一緒に寝ていた私も、十歳を過ぎてからは断固として兄をベッドから蹴りだしている。たしか前世では『男女七歳にして席を同じゅうせず』と言われていたから、十歳は遅かったくらいじゃなかろうか?

「うん。でも、旅の間は特別だって、父さんも許してくれたから」

「え? ……父さん?」

なんでここで父さんが出てくるの?

「シロナも一緒に行くって決まったときに、父さんから『旅の間にシロナに悪い虫を近づけるな』って言われているんだ。そのときに、シロナを守るためだったら四六時中一緒にいてもいいって許可もでているよ。……四六時中ってことは、当然寝るときもってことだよね?」

――――父よ。どうやら私には、シスコンの兄だけでなく、親バカな父もいるらしい。

まあ、私がまかり間違って、旅先で誰かと恋に落ちでもしたら、兄の暴走が怖いって理由かもしれないけれど……どう考えても過保護すぎだろう。

ともあれ、父から許しまで得ているのなら、兄は意見を変えそうになかった。

「わかったわ。旅の間だけなら兄さんと寝てあげるわ」

「ホントかい？」

「ホントよ。だから、一緒に旅する人を傷つけちゃダメよ」

「うん！　わかった。……シロナ、嬉しい！」

トロリ蕩《とろ》けるような笑みを浮かべて、兄は私をギュウギュウと抱き締めてきた。本当に困ったシスコン兄である。

――この後、私はすぐにでも一緒のベッドに潜りこもうとする兄を力一杯制止して、なんとか食事をすることができた。王城の料理はたいへん美味しかったのに、溺愛スイッチが入りっぱなしの兄に手ずから食べさせられたせいで、あまりじっくり味わえなかったのが口惜しい。

「ほら、シロナ、あ～ん」

「もうっ、兄さんったら！　私は病気じゃないって言っているでしょう！」

「うん、でも僕がしたいから……ね」

ね、じゃないのよ！　ね、じゃ！

しかし、首を斜め四十五度に傾げて「ね」とおねだりする兄は、壮絶に色っぽく――。

この兄を見ながら無駄に疲れきる未来を予見した私は、素直に口を開けたのだった。

◇聖女バルバラの不満◇

――時は、少し遡る。

「この世界に、あんなに美しい人がいたなんて！」

バルバラは、興奮を隠せず声にだしていた。勇者クリスに出会ったのは、つい先ほど。非の打ち所のない完璧な美貌を持つ青年に、彼女は一目で恋に落ちてしまった。

「あの人こそ私に相応《ふさわ》しいわ！　女王になる私の隣に立つべき人よ」

もっとも、クリスに会う直前までのバルバラは、勇者と旅をするなんてごめんだと大声で公言していたのだけれど――。


だって勇者は平民。しかも辺境の村人だと聞いていたのだ。なにが悲しくて、高貴な自分が下賤《げせん》な平民などと旅しなければならないのかと、バルバラは思う。

「たしかに、勇者は魔王を倒す英雄だわ。でも、いくら英雄でもただの村人なのよ。平民の中でも下層階級の男が、この私と行動を共にするなどあり得ないわ！　……そんなことをすれば、美しい私の虜《とりこ》になるに決まっているのに」

考えれば考えるほど、嫌悪感が募るばかり。代々の勇者が、魔王討伐後に女王の伴侶となり共に国を治めていることを知っているからこそ、バルバラはそう信じこんだ。

英雄になった勇者が自分に惚れ、伴侶になりたいと望むのは、火を見るより明らかなこと。

「いくら勇者でも平民なんてお断りよ。私は、この国で一番尊い人間なのだから」

王位継承権第二位ということはそういうことだ。――まあ、表向きの一番は、女王陛下となっているし、次点はバルバラの母ではあるのだが。

「でも、でも！　本当に尊いのは私だわ！」

少なくとも、母はともかく女王は間違いなく自分より愚かだと思う。

「……伯母さまは、お綺麗《きれい》な理想ばかりを述べる偽善者だもの。なにが『民の支えがあってこそ国が成り立つ』よ。現実乖離《かいり》も甚だしいわ。実際は、私たち王侯貴族が愚鈍な平民を管理し正しく使ってやっているからこそ、国が機能しているのに。……そんな甘いことばかり言っているから、大切な跡継ぎを喪ってしまうのだわ」

本来、女王の後継者は女王の娘だった。――――女王は、アレン王子を産んだ後に、次代の女王となるべき女の子を授かっていたのに、なにを置いても守らなければならなかった後継者を喪ってしまったのだ。

「誰の得にもならない正論なんて振りかざしているから、暴漢に狙われたりするんだわ。……自業自得よね」

おそらく女王の娘を狙った黒幕はバルバラの母だろう。娘だけではなく女王自身も狙った可能性だってあるかもしれない。産後間もない女王の私室に押し入った賊が、女王自身にも刃《やいば》を向けたのは、誰もが知る事実だ。

「……でも、お母さまも詰めが甘いのよね」

女王は寸でのところで駆けつけた夫らに命がけで助けられ、一番先に狙われた赤子も女王の魔法で転移させられ、とどめは刺せなかったという。

「まあ、産まれたばかりの赤ん坊が、どこともわからない場所に転移させられて無事でいるはずもないでしょうけど。……どんなに必死に捜索しても見つからなかったのだし、魔獣のエサにでもなったに違いないわ」

バルバラはクスリと笑う。結果、母は王太子となったのだし、自分も王位継承権第二位となったのだから、多少の詰めの甘さも許せる範囲だ。

「どんなに平民を大切にしたって、なんの力もない者が守ってくれるはずないのに。伯母さまは本当に愚かだわ」

バルバラは、自分の考えこそが真理で、平民などなんの価値もないと信じていた。

――そう、勇者クリスに出会うその瞬間までは。

彼に出会い、その美貌に夢中になったバルバラは、自分の考えの一部をすっかり変えられてしまった。自分が尊いのは変わらない。しかし、平民の中にもクリスのような特別な存在がいる！

「いいえ、きっと特別なのはクリスさまだけに違いないわ！　彼は、泥の中に咲く蓮《はす》の花。大地に隠された至高の宝石なのよ！　私が拾い上げ、私を飾るべき得難い宝だわ！」

クリスは自分のものだ！

バルバラには、自分に跪き愛の言葉を捧げるクリスの姿が、はっきり頭の中に見えた。

――なのに、どうしてクリスは、バルバラが挨拶してもニコリともしなかったのだろうか？

かと思えば、己の挨拶の番になった途端、満面の笑みで妹を紹介しペラペラと話しだす。

……なにより憎らしいのは、そんな笑顔でさえ美しいと思えるところだった。

なおかつ、その後女王からクリスの妹に対して最大限の礼儀を尽くすようにとの命令が下ったのだから、たまらない。勇者のたかが妹でしかないはずなのに、魔王討伐の旅における重要人物だと言われたのだ。

「そんなはずがないわ！　今まで勇者の妹が旅に同行したなんて記録はないもの。……きっと、平民贔屓《びいき》の伯母さまが、なんの役にも立たない女を重要そうに見せて、平民の価値を高めようとしているのよ！」

考えれば考えるほど、怒りは募る一方だ。

自分には愛想笑いのひとつも見せないクリスが、妹に対しては大切で大切でたまらないといった態度をとるのも気に入らない。

「私に好意を向けない男なんているはずがないのに……あの女が、妹という立場を利用してクリスさまの優しさにつけこんでいるに決まっているわ！　……なんて卑劣なの。絶対、懲らしめてやるんだから！」

そう叫んだバルバラは、親指の爪をガシガシと噛む。

「あの女なんて、あんな平凡な容姿なのに……どこにでもいそうな茶色い髪と冴《さ》えない緑の目とか、平民中の平民じゃない」

この国の大多数の人間は、茶髪で緑目だ。クリスのような金髪碧眼は、辺境にはいても他の地方では見かけない。

「私の赤髪赤眼は、異国の貴族の血が入ったダウラーラ公爵家の特徴よ。これほど美しく稀少《きしょう》な色は、この国には他にないもの！」

女王も王子も、ついでに言えば母だって、茶髪で緑目だ。その髪と目の色は、この国の象徴とも言えるものではあるけれど……バルバラにしてみれば平凡の代名詞でしかない。

「美しい私の横には、美しいクリスさまが相応しいのよ！　いくら妹とはいえ、私とクリスさまの邪魔をするなんて許せない。あんな平民女、追い払ってやる」

このとき、バルバラの頭からは、女王の命令など綺麗さっぱり消え去っていた。たとえあったとしても、それに従うつもりもないのだから、同じことかもしれないが。

「今に見ていなさい」

形よく整えられた爪が無残に欠けるのも気づかずに、バルバラは低く唸《うな》る。赤い目が、ギラギラと光っていた。

第三章　問題ありまくりの珍道中

グダグダの出発式が終わり、勇者一行は無事出発した。

――勇者不在の壮行パーティーがどうだったのかは、私は知らないし知りたくもない。勇者の妹の我儘《わがまま》で、優しい勇者さまがパーティーに出席できなかったとかいう噂《うわさ》が、まことしやかに流れていたそうだが……言いたい人は勝手に言えばいいのだ。王城でどんな噂が流れようと、辺境の村人である私には関係ないもの。

そんな噂より問題なのは、あの聖女だ。

「……………すごいですね」

「すまないね。注意したのだけど、彼女は私の言うことなんて聞かないから」

申し訳なさそうに謝ってくるのは、王子である騎士アレン。彼は、その身分にしては腰が低い人物だ。男性で王位継承権を持たないせいかもしれない。

まあ、王位継承権を持つ人間が、みんな聖女と同じ性格とは思いたくないけれど。

「今はまだいいですけど……あれ、街道を外れたらさせられませんよ」

私が「あれ」と言って指さす先には、聖女専用の大きなテントがあった。出入り口には警護の騎士が二人立っていて、中で聖女は侍女に手伝ってもらいながら湯浴みの最中なのだとか。しかもそれが終わったら豪華な食事をとってお休みの予定らしい。

王城を出発した勇者一行の後ろから、どこの豪商キャラバンかという一隊がついてきたときには目を疑った。それらはすべて聖女のお世話係で、旅の最中でも彼女が快適に暮らせるように衣食住のサポートをするという。

この世界には生活魔法というものがあって、わざわざお風呂に入らなくても体を清潔に保てるくらいは誰にでもできるのに、毎日湯浴みをしようだなんてとんでもない贅沢《ぜいたく》だ。

――バカなの？

そう思った私は、常識人だと思う。どこの世界にお世話係を引き連れた勇者一行がいるものか。今は、整備された街道を通って移動しているので、キャラバンもついてこられているけれど、いつまでもそうとは限らない。険しい山道を通ったり道なき道を辿ったりすることもあるのだから、このキャラバンとおさらばするのも時間の問題だ。

そんな一過性のおつきを用意するより、一日も早く普通の旅に慣れる努力をする方がずっと建設的なのに。

なにより勇者一行は基本隠密行動のはず。人類の勢力が強い場所はともかく、魔王の勢力下では極力見つからないように移動する必要がある。

それなのにこれほど日立つなんて、愚行以外のなにものでもないだろう。

――魔王軍に攻撃されたら、どうするつもりなの？

いくら勇者が強くても、何千何万という軍団の総攻撃を受けては無傷で勝てるわけがない。まあ、兄ならピンピンしていそうな気もするけれど……兄は、私以外を守らないから、他の人——騎士も聖女も魔女も戦士も、みんなまとめてデッドエンドよね？

——もういっそ、その方がいいんじゃないかな？

そう思いかけて、私は慌てて首を横に振った。

危ない、危ない。聖女の非常識な行いに引き摺《ず》られて、私までおかしくなるところだった。少なくとも、私はまだ普通の人間でいたいのに。

「クリスさま、夕食をご一緒にいかがですか？　今日は王都の一流レストランのシェフが監修した料理をご用意したのですよ」

私が心を落ち着かせようとしていれば、それを邪魔するような甲高い声が聞こえてきた。

どうやら聖女は湯浴みを終えて、これから豪華な食事をとるようだ。そして、懲りもせずまた兄を誘っている。

「お断りします。僕の食事はシロナが用意してくれていますから」

毎度毎度断られているのに、よくめげないものである。この不屈の精神だけは、聖女を見習ってもいいかもしれない。

「まあ、シロナさんが作るのは、どうせまた煮こみ料理なのでしょう？　そんなワンパターンな料理より我が家が用意した彩り豊かで種類も豊富な食事の方が美味しいに決まっていますわ。いつもいつも同じ料理を食べなければいけないとか、決めつけないでくださいませ。クリスさまはもっと自由でよろしいのですよ」

――――訂正。ただ学習能力がないだけだった。兄の前で私の料理を貶《けな》すなんて、嫌われたいとしか思えない。

案の定、兄の表情がスッと消えた。

「決めつけているのは君だろう？　シロナの料理を口にしたこともないくせに」

「あ……それは」

「シロナは、いつも僕のために一生懸命料理を作ってくれるんだ。シロナの料理は僕にとって最高なんだよ。僕の一番を貶さないでくれないかな」

体が凍りつくような冷たい声を聖女に浴びせた兄は、そのままこちらへ歩いてくる。

「あ、シロナ！　ご飯できた？　僕も手伝いたいな」

しかし、私を見た途端、兄の冷たい顔はフニャリととけた。デロデロの甘い声が周囲に響く。

当然その声は聖女にも聞こえたようで、兄の背後に般若《はんにゃ》のごとく歪んだご尊顔が見える。フンと鼻を鳴らして豪商キャラバンの方へ帰っていく後ろ姿は、まるっきり三文芝居の悪役だ。

「だったら兄さん、スープをよそってくれる。私は乾パンピザの焼け具合を確認するから」

出そうになったため息を堪《こら》えて、私は兄にお願いした。

今日のメニューは、干し肉と根菜を使ったスープと、乾パンを砕いて生地にした上に乾燥野菜とチーズを乗せて焼いたピザだ。聖女の言うとおり煮こみ料理がメインだが、旅の途中で食べるのだからこんなもの。

というか、こういった料理に慣れていかなければ今後が辛いはず。今はまだ国内なので、もっといい食事も作ろうと思えば作れるのだが、あえて携行食メニューにする私の計画性を誰か褒めてほしい。

「私も手伝うよ。……ああ、美味しそうだ。君のおかげで、味気ない携行食をこんなに楽しんで食べられるなんて最高の贅沢だね。いつもありがとうシロナさん」

アレンがピザを取りだしながら褒めてくれた。彼は少しはわかってくれている模様。

「ホントだよな。もしも嬢ちゃんがいなかったらどうなっていたかと思うと寒気がするぜ」

ブルブルと震えるジェスチャーをしながら、ノーマンが寄ってきた。おっさんくさい態度だが、なんとなく親しみが持てる。

「兄も料理はできるので、大丈夫だったと思いますよ」

今は私がいるので兄は料理をしないのだが、実はかなりの腕前だ。毎年私の誕生日――――兄が私を見つけた日には、見事な高級魔牛のパイを焼いてくれる。もちろん、魔牛を狩るところから全部自前。完璧な兄にはできないことなどない。

「あ～、料理はできたとしても、それを俺らに食べさせてくれるかどうかは微妙だろう？」

ノーマンは、兄にチラリと目をやって苦笑した。さすが年の功。この短い期間で兄の性格をきちんと把握したようだ。

「僕の料理なんて、シロナの作るものに比べれば足下にも及ばないよ」

ノーマンの言葉は無視して、兄は私を褒めてきた。

「ありがとう。兄さんが喜んでくれるんなら料理した甲斐があるわ」

私の「ありがとう」に、兄の顔はますます蕩けていく。

いつの間にか、しれっと食事の輪の中に入っていたローザが、その兄の顔を見て頬を染めた。

基本ローザは、必要なこと以外はあまり話さない。いつも一歩下がって、私たち――――特に兄をジッと見ていることが多い。今のところ聖女みたいに私を敵視していないのが救いかな?

きっと頭のいい人なのだろう。人間、腹の中なんてわからなくて当然だから、実害がなければそれでいいと思う。

「シロナさんの作ってくれる料理は、本当に素晴らしいよ。食べると心も体も温かくなる」

紳士な王子は、スープを飲みながら眼福な笑顔を見せてくれた。熱いスープを飲めば温かくなるのは自明の理だが、褒めてもらえれば嬉しいのも当然のこと。

「ありがとうございます」

「いや、ホント。お世辞抜きでうまいぞ。元気が出る」

負けじとノーマンも褒めてくれた。

ローザは、口にはださないが食べる手が止まることはないので、きっと気に入ってくれているはず。

「本当は、僕以外の人間がシロナの料理を食べるのはいやなんだけど――――」

「兄さん!」

「うっ……わかっている。我慢するよ」

隙あらばシスコンを炸裂させようとする兄を、私はきちんと叱った。いつものことと放置しておくと、段々執着度を上げてくるから、最初が肝心なのだ。

「我慢するから、後で頭をなでてくれる？」

上目遣いで聞いてくる兄に、私は呆れてため息をつく。

「毎晩なでているじゃない」

「いつもより多くだよ！」

まあ、これくらいは仕方ないか。

「わかったわ」

「ありがとう！　約束だよ、シロナ！」

「はいはい」

兄と私のやり取りにアレンとノーマンが苦笑する脇で、ローザは黙々と食べ続けている。

そのとき、聖女のテントから苛々《いらいら》したような怒鳴り声が聞こえてきた。

意外とよくあることなので誰も気にした様子もない。

――大丈夫なのかな、この旅？

不安は尽きないが、私が心配しても仕方ないので乾パンピザをパクッと食べる。……うん、美味しいから、問題なしね。

問題が起こったのは、三日後だった。

道幅が狭くなり、豪商キャラバンの馬車がついてこられなくなったのだ。

当然私たちは、キャラバンを置いていこうとしたのだが、聖女は抗《あらが》う。

「————別の道を通ればいいでしょう！」

甲高い声が、後ろから響いてきた。

「……すまないね」

アレンが申し訳なさそうに謝り聖女の方に振り向こうとする。放っとけないと思ったのだろう。

「説得しようとしているのなら、やめとけ。俺たちがなにを言おうと聞きやしないさ」

「ああ。……そうだな。わかっている」

ノーマンに注意されたアレンは、苦しい表情で顔を戻した。

聖女を除いた私たち五人は馬に乗り、既に前に進んでいる。狭い道なので二列縦隊。アレンがひとり先頭で、ノーマンとローザが並んで続き、しんがりは兄と私だ。

聖女と豪商キャラバンからは、もう百メートル以上離れていた。

「私は聖女なのよ！　私を置いていくなんて許されないわ！」

聖女の自覚があるのなら、早く追いついてくればいいのに。本当に徹頭徹尾自分本位な人である。

「クリスさま！　私の話を聞いてくださいませ。あなたさまは勇者なのですよ。そんな見窄《みすぼ》らしい一行と一緒にいるべきではありませんわ！」

ついに聖女は、ターゲットを兄ひとりに絞ってきた。というより、最初から兄以外はどうでもいいと思っているに違いない。

――見窄らしい一行とか、よく言うよ。

当然のことながら、兄は振り返りもしなかった。淡々と馬を進めている――と思ったら、ふいにピタリと止まり、空を見上げる。

「あ――」

遅れて、私も気がついた。

「まずい。来ますよ！」

「え？　なにが？」

声を上げれば、私の前にいたノーマンが不思議そうに聞き返してくる。

それにはかまわず馬首を返した。『敵』の目標は、まず間違いなく豪商キャラバンだと思ったからだ。

「僕が行くよ。シロナは、ここにいて」

私の行動を見た兄は、そう言ってキャラバンめがけ駆けだしていく。

「ああ！　クリスさま、やはり私の元へ来てくださるのですね！」

勘違い聖女が嬉しそうに叫ぶが、そんな言葉を聞いている場合じゃなかった。

「鷲獅子《ワシジシ》です！　東の方向に二頭！」

兄に説明する気はなさそうなので、私が大声で叫ぶ。

鷲獅子とは、鷲の上半身と獅子の下半身を持つ討伐ランクAA《ダブルエー》ランクの魔獣である。素早さと獰《どう》猛《もう》さは折り紙つき。日本のファンタジーものにもよく出てきていた幻獣だが、実物はグロいとしか言いようがなかった。一角獣《イッカクジュウ》とか天馬《テンマ》あたりなら、まだマシなのに。

「は？　鷲獅子？」

「どこに？」

ローザとアレンが疑問の声を上げた。

さもあらん。『敵』は今の時点では、影も形も見えないのだから。私だって幼いときから兄に連れ回され魔獣狩りをしていなければわからなかっただろう。

――あのときの苦労がこんなところで報われるとは思わなかったわ。

それでも、さすがにノーマンはすぐに臨戦態勢をとった。冒険者ということだから、実戦経験は豊富なのだと思う。馬から降りると、背中から戦斧《せんぷ》を引き抜き身構える。

「あそこです！」

私は、ようやく空の彼方《かなた》にポツンと見えはじめたふたつの点を指さした。

その間にも、点はグングン大きくなってくる。

「……っ！　ホントだわ」

ローザは、大きく目を見開いた。キッと表情を引き締めて、呪文を唱えだす。

「いと疾《はや》き風の精霊シルフよ、盟約に従い我が望みを叶え給《たま》え……風の刃で敵を切り裂け！　ウィンド・カッター！」

体内魔力だけを使う生活魔法とは違い、強い精霊の加護を受けた者だけが使える精霊魔法を放つ。

それを見た私は……困惑した。

――えっと、なんでそんなに長文なの？　その割にあまり威力が高いようには見えないけど？　なにより、空を飛ぶ鷲獅子に、風の魔法は効《き》き目が弱いよね？　まさか、鷲獅子は風魔法が得意だって知らないの？

一瞬の間にいくつも疑問点を思いついてしまった私だが、今はその答えを聞く暇がなかった。

「鷲獅子に風魔法は、あまり効きません！　土魔法が弱点です」

なので、とりあえず叫ぶ。

「……わ、わかっています、そんなこと！」

よかれと思った私の忠告に、ローザは苛立たしげに怒鳴り返してきた。……わかっているのなら最初から土魔法を使ってほしいと思うのは、間違いなのだろうか？

それでもローザの魔法は、鷲獅子のうちの一頭の気を引くのに成功した。ふたつの点――いや、今やはっきりと鷲獅子だとわかるモノのひとつが、こちらへ向かってくる。

「ローザ！　私を飛ばしてくれ！」

アレンの要請を受けたローザが再び呪文を唱えた。

「いと疾き風の精霊シルフよ、盟約に従い我が望みを叶え給え……騎士の足に翼を！　ウィンド・ラン！」

次の瞬間、馬から飛び降りたアレンがそのまま大地を蹴って空に駆け上がる！

――あ、察し。ひょっとしてローザって風属性の魔法使いだったりするのかな？

そういえば、魔法使いには得意な属性とかがあったんだった。兄が普通に全属性を使うから、すっかり頭から抜け落ちていたわ。

ちなみに私は魔法をまったく使えない。勇者の妹とはいえ義理だもの。そんなチートあるわけないのである。

兄を基準にしちゃいけないことを忘れていた自分を反省している間に、アレンは空を駆け鷲獅子に斬りかかった。

「はっ！」

気合い一閃！　アレンの長剣が鷲獅子の片翼を襲い、風切羽を落とす。

「ギェエェッ！」

バランスを崩した鷲獅子は、ヒューッと空から落ちてきた。そのままドドンッと大地に激突する。

そこへ駆けつけたノーマンが、戦斧を鷲獅子の下半身にめりこませた！

「グギャァッ！」

さすが勇者一行というところか。このメンバーでの実戦経験は少ないのに、流れるような連携である。

――ただ、ちょっと詰めが甘いけど。

動かなくなった鷲獅子からノーマンが戦斧を抜き、その脇にアレンが着地した。

その瞬間を待っていたかのように、鷲獅子の頭部分が動く！　鋭い嘴《くちばし》がアレンの胸を抉《えぐ》り取ろうと襲いかかったのだ。

しかし、そこに駆けつけた兄が、大剣で一刀両断！　鷲獅子の頭部を真っぷたつに切り裂く。

「鷲獅子は、上と下が別物なんだ。下半身を仕留めても鷲の部分は生きているから気をつけろ」

剣を振って血糊《ちのり》を落とした兄が、アレンとノーマンに注意した。

「……っ、すまない。……ありがとう」

「助かった」

素直に礼を言うアレンと、ホッとするノーマン。

念のため弓を構えていた私も、警戒を解いた。兄が間に合わなければ、私が鷲獅子にとどめを刺すつもりだったのだ。

つがえていた矢をしまえば、こちらを見ていたアレンと目が合う。少し驚いたのだろう、緑の目が大きく見開かれた。

いったいなにに驚いたのかな？　私が弓を使うこと？　貴族のご令嬢は弓なんて使わないだろうしね。

まあどうでもいいかと思いながら、私は視線を豪商キャラバンに移した。

そこには、頭から胴体にかけて縦ふたつに切り裂かれた鷲獅子が、無残な姿をさらしている。当然兄の仕業だ。兄にとっては、鷲獅子なんて敵じゃないから、きっとあっという間に倒してしまったことだろう。

「シロナ、どうする？　解体した方がいいかな？」

兄は、まるで何事もなかったかのようにニコニコ笑いながら、私にたずねてきた。

「う～ん、そうね。鷲獅子のお肉はあんまり美味しくないからいらないわ。羽根とか爪とかの素材はちょっともったいないけれど、荷物になるから埋めちゃいましょう」

どうせこれから魔獣とはいやになるほど戦わなければならなくなるのだ。であれば、倒した魔獣をいちいち解体していては、時間がかかって仕方ない。死骸が腐ったり他の魔獣を呼び寄せたりする可能性を考えれば、穴を掘って埋めてしまうのがベストである。

「うん。わかった」

頷いた兄は、右手を大地に向けた。

「アース・ディグ」

短い言葉と同時に穴を掘る魔法が発動し、直径、深さ共に三メートルほどの大穴がその場に掘られていく。

「エア・ブイ」

二体の鷲獅子の惨殺死体がふよふよと浮いて運ばれ、穴に落ちた。

「アース・ベリー」

穴があっという間に埋め戻され、元の真っ平らな地面になる。この間わずか一分足らずだ。

土魔法と風魔法を自由自在に操る兄の姿を見て、ローザが絶句し口をパクパク開け閉めした。

――――うん。ごめんね。兄はいつもこんな感じなのよ。これを見れば、私がローザの魔法にいろいろ疑問を持って、うっかりいらぬ忠告をしてしまったことも、仕方ないと思うでしょう？

茫然《ぼうぜん》自失しているローザに、私が心の中で謝っていれば、甲高い声が聞こえてきた。

「クリスさま！　お怪我はございませんでしたか？　やはり、勇者の旅は危険と隣り合わせなのですね。私のような癒し魔法の使い手が、ご一緒しなければならないと実感いたしましたわ。……決めました。私はクリスさまと生死を共にいたします！」

べらべらと自分の決意を話す聖女に、思わず白い目を向けてしまう。

「……聖女さまは、クリスの圧倒的な戦闘力を見てこっちの方が安全だと判断したらしいな」

ボソリとノーマンが呟いた。

まあ、そんなところなのは間違いない。

先刻まで、自分の豪商キャラバンと同行するよう声高に主張していた聖女だが、どうやら今の鷲獅子との戦闘を見て、考えを変えたらしかった。自分の安全のためには兄の側にいるのが一番だとわかったのだろう。

――――ていうか、そもそもあんな派手なキャラバン隊を引き連れていなければ、鷲獅子の注意など引かなかったと思うのだけど？

「バルバラ嬢、一緒に行く気になったのかい？」

「ええ、もちろんよ。私がいた方があなたたちもいいでしょう？　なんと言っても、私は聖女なのだもの！」

疲れたように確認するアレンに、聖女はツンと唇を尖らせながら答える。

「……無理に来てもらわなくてもかまわない」

すぐ横で聖女に叫ばれた兄は、迷惑そうにそう言った。

「そんな！　クリスさま……私が一時でもお側を離れようとしたことを、お怒りになっておられるのですか？　どうかお許しください。もう二度といたしませんわ！」

兄に縋りつこうとした聖女は、サッと躱されたたらを踏む。

プッと吹きだしたのはノーマンで、聖女に睨まれて慌てて視線を逸《そ》らした。

「……魔法が……精霊魔法って……どうして、あんなことができるの？　…………ハッ！　勇者だからなのね」

ショック状態からようやく戻ってきたローザは、なんとか自分を納得させられる結論に至ったらしい。

それはいいのだが、兄を見る目に畏怖が籠っているのが心配だ。

――大丈夫。怖くないですよ。一応、たぶん、兄も人間だと思いますから。

心の中でローザに語りかけていれば、アレンが話しかけてきた。

「シロナさん、ありがとう。君の指示がなければ私たちは鷲獅子が見えなかった。……仕留め損なっていたのにも気がついていたのだろう？　君は、私たちが思うよりずっと強かったんだね」

その表情は真摯で、彼が真面目な人だと如実に伝えてくる。

「まったくだ。俺も言われなければ鷲獅子の接近にまったく気づけなかった。勇者もすごいが嬢ちゃんも相当だな」

ノーマンまでそんなことを言ってきた。

私はちょっと恥ずかしくなる。

「そんなに大したことじゃありませんよ。子どものときから兄と狩りをしていたせいで、獲物の気配に敏感なだけです」

実際私だって兄が先に気づいたからわかったのだ。

「そうか。子どものときから狩りを……やっぱりすごいね」

アレンはますます感心したようだった。

そんなことはないと否定しようとしたのに、そこに兄がやってくる。

「そうさ。シロナは本当にすごいんだよ。僕の自慢の妹なんだから」

いつもどおりのシスコンだ。しかも膝を折って姿勢を低くし、頭を私の方に突きだしてくる。

――うん。ご褒美のなでなでの要求ですね。これをしないと兄の機嫌が急転直下してしまうのはいつものこと。なので仕方なく私は兄の頭をわしゃわしゃわしゃした。

「もう兄さんったら。……今日はすごく頑張ったけど、でもなんの説明もなくひとりで飛びだしたらいけないわ」

褒めるところは褒め、叱るべきところは叱るのが私の方針だ。

「え？　だって、シロナに説明なんていらないよね？」

「……私には、ね。でもここには私以外の人もいるのよ。ああいう危険を察知したときには、誰でもわかるように、敵の方向と数、あと接触までの時間をきちんと教えていくのが常識なの」

「え〜？　面倒くさいな」

「面倒くさくてもやらなきゃダメなのよ！　それに……私、兄さんがカッコよく教えてくれるところが、見たいわ」

私の「カッコよく」発言に、兄はたちまちやる気をだす。

「そっか。シロナが見たいなら頑張ろうかな」

「うん。頑張ってね、兄さん」

わしゃわしゃわしゃと、手を動かした。ちょっと怖くて他の人の方は見られない。

特に聖女とか……。きっと般若のような顔をしているんだろうな。

――――本当に大丈夫なのかな、この旅？

不安しかない私だった。


「左手前方、黒魔犬《コクマケン》六頭、三分後！」

鋭く叫んだ兄が、その後ドヤ顔で私を見つめてくる。どこからどう見ても、褒めてもらえるのを待つ飼い犬の顔だ。

――――いや、そんな期待に満ちた目をされてもね。私は、心の中でため息をついた。


ここは、山間《やまあい》の一本道。少し開けた場所で、周囲は高い木々に囲まれている。上を向けば青空が大きく見えていて、小休憩しようということになったのが先刻のことだ。

そして、腰を下ろした途端の兄の言葉が、魔物の発見報告だった。

ちょっとは休ませてほしいと思うのは、贅沢だろうか？　それでも、前回の鷲獅子のときにした注意に従って、敵の情報を叫んだ兄を褒めないわけにはいかない。

「兄さん、カッコイイわよ！　獲物は半々でお願いね」

「わかった」

私の言葉で有頂天になった兄は、勢いよく飛びだしていった。

私は、やれやれと思いながら他の人たちの方を見る。既にアレンは剣を、ノーマンは戦斧を構え、ローザは杖を掲げていた。

「三頭来ます！」

「わかった」

「おうっ！」

私の言葉に、アレンとノーマンから力強い声が返ってくる。ローザの返事がないのは、呪文を唱えているからだ。

視線を左手前方に移せば、その瞬間、木々の中から真っ黒な犬が三頭飛びだしてきた。体長二メートル体高一メートルと魔獣にしては小さいのだが、黒魔犬の討伐ランクはB。巨体を誇る大猪と同じ強さだ。生息地である森の中で生い茂る木々の隙間をぬい、自由自在に行動する黒魔犬の手強《てごわ》さは侮り難い。

黒魔犬が姿を現すと同時に、ローザの魔法が炸裂した。

「ウィンド・ストーム！」

呪文の前半部分は、既に唱え終わっていたらしい。荒れ狂う風が三頭の黒魔犬を正面から吹き飛ばす！

直後、左端の一頭めがけ、ノーマンが戦斧を叩きつけた！

右に吹き飛ばされた二頭にはアレンが追い縋り、一頭へ斬りつける。

「せいっ！」

「ギャン！」

ノーマンの方の黒魔犬は首を落とされ声もなく絶命し、アレンが斬りつけた一頭は片足を切り飛ばされ悲鳴を上げ転がった。

それに目を向けることもなく、アレンは襲いかかってきた残り一頭の牙を左手の籠手《こて》で受け止める。次いで動きの止まったその黒魔犬の頭に、右手の剣を突き立てた！

その間に、ノーマンが片足を失い転がる黒魔犬にとどめを刺している。

この動作にかかった時間は数分。たいへん見事な連携プレーだった。鷲獅子のときとは雲泥の差だし、なにより三人とも黒魔犬が息絶えても警戒を解いていないのが素晴らしい。

「……あ、終わった？」

感心していれば、兄が木の間から戻ってきた。その後ろには黒魔犬三頭がふよふよと浮かされ運ばれてくる。当然すべて絶命していた。

ドサッと投げだされた三頭の眉間には、小さな穴が開いている。

「これは、どうやったんだ？」

「石を投げただけだよ」

不思議そうに退治方法をたずねるノーマンに、兄はなんでもないことのように答えた。

「……石」

「ストーン・バレットではないのですか？」

「魔法なんて使うまでもないからね」

アレンとローザの問いにも、兄の答えは気負いない。

三人は、唖然《あぜん》として立ち尽くした。

会話の内容はなんだが、兄が私以外の人と会話していることに私は感動する。

「すごいわ、兄さん」

「エヘへ、そうかな」

「ええ、とっても偉いわよ！」

――――会話ができて！

手放しに褒める私に、兄は相好を崩した。いつ見ても眼福な笑顔である。流れるような動作で頭をさしだしてくるのは、いかがなものかと思うけど。

仕方ないかと兄をなでようとした私だが、そこに苛立たしげな声が割って入った。

「自分ではなにもしなかったくせに、ずいぶん偉そうですこと」

もちろん発言者は聖女だ。今の今まで私たちの五メートルほど後ろの木陰に隠れていたくせに、ご自慢の金髪を片手で後ろに払いながら尊大な態度で近づいてくる。

――――他の誰に言われたって、あなたに言われる筋合いはないと思うけど？

私は、兄の頭に向かっていた手を下げた。兄も頭をスッと上げる。

「バルバラ嬢！　君は、なにを言いだすんだ？」

アレンが声を荒らげた。

「あら、私は本当のことを言っているだけだわ」

しかし、彼女には少しも効き目がない。

「……自分だって、なにもしていなかったのに」

小さな声で非難するのはローザだ。特に私の味方をしているわけではなく、単純に聖女が気に入らないだけだと思われる。

「私は聖女ですもの。私の出番は誰かが傷ついた後の癒しだわ。戦いが終わるまで安全なところにいるのは、当然でしょう？」

聖女は馬鹿にしたようにそう言った。

けっしてそんなことはないと思う。戦闘中に癒しの魔法を使っちゃいけないというきまりはないからだ。

「戦いの最中に俺らが傷ついたらどうするんだよ？」

「そんなもの、傷つく人が至らないのよ。クリスさまなら、そんなこと絶対ありませんもの！……ね？」

ノーマンの問いかけにも聖女はツンとして歯牙にもかけない。一方、兄にはキラキラとした瞳を向けてきた。

ノーマンは、呆れたように肩を竦める。

兄は聖女に一瞥もくれなかった。

「アース・ディグ」

短く呪文を唱え、地面に直径、深さ共に三メートルほどの大穴を掘る。きっと、黒魔犬の死体を埋めるつもりなのだろう。

それはよいのだが――――。

「エア・ブイ」

予想どおり黒魔犬の死体がふよふよと浮いて運ばれた段階で、私は頭を抱えた。

――ちょっと、なんで聖女まで浮いているの？

「に、兄さん！　なにしているの？　……ダメよ！」

私は、慌てて兄の手に縋りつき、引っ張った。

空中に浮かされた聖女は、呆然《ぼうぜん》としている。

「ダメってなにが？」

「聖女さまを埋めちゃ、ダメでしょう！」

「どうして？　あいつ、シロナに気に入らないことばかり言っていて、うるさいのに。……それに、僕がシロナになでられるのを邪魔したんだよ」

可愛らしく小首を傾げたって、ダメなものはダメである。

私は、なんとか兄を思いとどまらせようとした。……とはいえ、万事の判断基準を、私にとって害があるかないかに置く兄に、倫理的な一般論なんて通じるわけもない。

「……死体と生きているモノは一緒に埋めちゃいけないって、村でもきまっていたでしょう！」

結果、出た言葉がコレだった。獣などの死体は必要な部分を採取した後に埋め立て処分。その際、生きているモノは埋めてはいけないというのがそのきまりだ。

「大山羆《ダイサンヒ》のとどめを刺さないで埋めたせいで、オカルト騒ぎになって、村長さんから滅茶苦茶怒られたのを忘れたの？」

大山羆は、討伐ランクAの魔獣。心臓が三つ、脳がふたつあり、すべてを破壊しないと絶命しないという、しぶとい生物である。兄が埋めた大山羆は、心臓がひとつ残っていたのだ。

私の言葉に、兄は視線を逸らす。

「……ここに村長いないし」

「いなくてもダメ！　生きているモノは、埋めないで」

「…………………死んだらいいの？」

なんてことを言うのだ！

「殺人、ダメ、絶対！」

兄は、渋々といった風に、聖女をポイッと地面に落とした。

「きゃっ！」

「アース・ベリー」

六体の黒魔犬の死体を呑みこみ、あっという間に穴が埋められていく。

その様子を、聖女はポカンと見ていた。私が止めなければ彼女も同じ運命だったわけだが……そ

のことを感謝する気持ちなんてないんだろうな。

「行きましょう」

なんとなく休憩という気分でもなくなったので、私は隅に繋いでいた馬に乗り、この場を離れることにした。

その私の後ろに、兄が飛び乗ってくる。

「ちょっと、兄さん？」

「……頭をなでてもらえなかったから」

どうやら、私に褒めてもらい損なった兄は、私と馬の相乗りをすることにしたようだ。

それもどうなのかと思ったが、背中からギュウギュウと抱きついてくる兄の温もりに、まあいいかと思えてくる。

一番後ろからついてくる聖女の視線が、痛いほど私を突き刺した。

――――あ～あ、私がいなければ、自分が兄に嫌われなかったのにとか、思っていそう。自己中の人って、絶対自分の行動を反省しないんだもの。

ため息を堪えて、私は前に進んだ。


その夜――――。

たき火の暖かな赤が、周囲の闇を丸く退《しりぞ》ける。

「山魔魚《ヤマメ》が焼けましたよ」

「おっ！　待ってました」

私の声に、ノーマンが嬉しそうな声を上げた。

ここは、黒魔犬の襲撃を受けた場所から半日ほど歩いた山の中。これから夕食を食べるところで、そのまま野宿となる予定だ。

「シロナが焼いてくれた山魔魚を、なに当たり前に食べようとしているのかな？」

早速手を伸ばしたノーマンに、不機嫌そうな兄の声がかかった。

山魔魚というのは、山の中の渓流に生息する日本でいうところのヤマメに似た淡水魔魚《たんすいまぎょ》だ。体長は二十〜三十センチでそれほど大きくないのだが、ともかく凶暴。ビチビチと群れなして、水辺に近づいた小動物はおろか大猪さえも水中に引き摺りこみ、あっという間に骨だけにしてしまうという立派な魔獣である。イメージはピラニアを百倍獰猛にした感じだろうか。討伐ランクはCである。

聖女からの刺々《とげとげ》しい視線に鬱々としていた私の気分を晴れさせようとして、兄がササッと渓流で山魔魚を捕ってくれたのだ。

「もうっ、兄さんったらそんな意地悪言わないの。私は、兄さんが頑張って捕ってくれた山魔魚を、みんなに美味しく食べてほしいんだから」

叱りつつ持ち上げるのが、兄を注意する際のコツ。

「そっか。シロナがそう言うのなら、みんな食べてもいいよ」

案の定、兄はコロッと態度を変えた。

「はい、一番は兄さんよ」

「ありがとう」

山魔魚のぬめりや内臓などを丁寧に取ってから串に刺し、塩を振って強火の遠火で焼き上げた一本を、まず兄に渡す。続けて、ちょっと逃げ腰になっているノーマン、アレン、ローザへ渡した。

――大丈夫。兄は自分が一番でさえあれば、その他大勢はあまり気にしないから。どうか安心して美味しく食べてほしい。

「私には、魚を丸かじりするような、そんな野蛮な食べ方はできませんわ」

皆で食べようと口を開けたところに、高慢な声が響いた。たき火の輪から離れたところに座っていた聖女が、蔑んだ目を向けてくる。

――はいはい。だからあなたには渡さなかったでしょう。まったく難しいお嬢さまである。

今日の山魔魚ももちろんだが、彼女は毎回食事のたびに「下品」だの「はしたない」だのと、文句のつけ放題なのだ。いったいなにをどうすれば、野営に陶器の皿や銀のフォーク、スプーンを用意できると思えるのだろう。もはや、相手をするのも面倒くさい。

「熱っ！　でも、すごくうまいぞ！」

そう思うのは私だけではないようで、ノーマンが丸っと聖女を無視して山魔魚を食べだした。

「ああ、これだけ大きいのに、ふわっとしていてこんなに甘みのある魚なんて、城でも滅多にお目にかかれないね」

「……上品な味です」

アレンもローザも、気に入ってくれたようだ。

兄は声もなく、はくはくと山魔魚にかじりついている。声はなくとも美味しいと思っていることは一目瞭然だ。

私もパクリと一口かじった。

「うん！　美味しい。さすが兄さんね」

「シロナが喜んでくれたなら、捕った甲斐があるな」

私が褒めれば、兄は山魔魚から顔を上げキラキラとした笑顔を見せてくれる。たいへんイケメンな笑顔である。……だから、頭をさしだすのは食べ終わってからにして！

美味しい魚に舌鼓を打っていれば、聖女が真っ赤な顔で怒りだした。

「もうっ！　もうっ！　もうっ！　私が食べられないというのに、なぜ平気で食べているのですか？　誰も不敬だとは思わないの！」

「食べられないのではなく、自分の好き嫌いで食べないのだろう」

困ったように指摘するのは、アレンである。無視すればいいのに相手をしてあげるあたりが、優しい王子さまだ。

「魚に直接かぶりつくだなんて、マナー違反も甚だしいわ！　平気で食べているあなたがおかしいのよ！」

しかし、彼の優しさは、怒鳴り声になって返ってくる。

「バルバラ嬢、マナーというのは、その場その場に合った周囲を不快にさせない礼儀作法のことを言うのだよ。……その観点からすれば、今この場で仲間を不快にしているのは、君の行動の方だ」

意外なことにアレンが強い口調で聖女に反論した。今までの彼なら、一応聖女に注意はしても、それ以上の非難はしなかったのに……珍しいこともあるものである。

「なっ！　この私を否定するの？　王位継承権も持たないあなたが！」

「たしかに私に王位継承権はないけれど、王を決定する投票権はあるんだよ。……君は、王位継承者が自分だけではないことを、忘れているのではないのかな」

逆上した聖女に怒鳴られたアレンは、静かにそう言い返した。――――聖女には妹がいるし、聖女の母にも妹がいる。そしてそれぞれの娘たちも。聖女はたしかに王位継承権第二位だが、彼女の下には第三位も第四位も控えているのだ。

そして、この国の王位継承者には、玉座につく前に王たる資質を周囲に証明しなければならないというきまりがある。具体的には、他の王族たちから女王に相応しいという信任投票を受ける必要があるらしい。まあ、よほど心身か能力に問題がない限り、王位継承順位がひっくり返されることなどないそうだが……長い歴史の中には、この信任投票で女王になれなかった候補者も、たしかにいるそうだ。

だからこそ聖女は、この勇者一行の旅で自分の価値を周囲に誇示しようとしているはずなのに。

――――こんなに我儘三昧しておいて認められるとか、本当に思っているのかな？

アレンの言葉に、聖女は顔を赤くした。ブルブルと震えアレンを睨みつける。

「こ、この私にそんなことを言うなんて……不敬よ！　不敬極まりないわ！　立場を弁《わきま》えなさい」

「弁えるのは、君の方だよ、バルバラ。ここは王城ではないし、あと数日もすれば王国ですらなくなる。なにより魔王の前では、王族も貴族も平民も、みんな等しく人間なんだ」

――正直、驚いた。王族の中でも王子であるアレンが、そんな考え方をしているなんて。

感心して見つめれば、私の方を向いた緑の目と、目が合った。

アレンは、少し恥ずかしそうに微笑《ほほえ》む。……私より年上の男性なのに、なんだか可愛いと思えるのはずるいんじゃないかしら。

「なによ、なによ、なによ！　偉そうに！　……王子風情が！」

――王子風情って、女系国家ならではの表現だろうな。

「だから、君はその考え方をあらためた方がいい」

「うるさい！　うるさい！　うるさいっ！」

聖女は、そう叫ぶなり立ち上がって駆け去った。

「バルバラ！」

焦って立ち上がったアレンを、ノーマンが引き止める。

「放って置け。この暗闇だ。どこにも行けないさ」

たしかにここは山の中。しかも黒魔犬が出るような場所なのだ。たとえどんなに腹立たしくとも、どこかに行けるはずもない。

「シロナ、もう一匹食べてもいいかな?」

まるで今の騒ぎなどなかったかのように、兄が聞いてきた。……いや、この兄だもの。本気で今のことなど、なかったも同然なのかもしれない。

「ええ、兄さん、いっぱい食べてね。――――あ、アレンさんもおかわりどうですか？」

「え……ああ。ありがとう、シロナさん」

私は、兄に山魔魚の串焼きを渡し、ついでにもう一本をアレンにさしだした。

嬉しそうに受け取ったアレンの笑みはどこか晴れ晴れとしていて、私もなんだか笑顔になる。

すると――――。

「シロナ、そんなに可愛い笑顔を、僕以外の奴に見せないで。……そいつがシロナに惚れたらどうするの？」

不機嫌な声が聞こえてくると同時に、兄が無理やり私の顔を自分の方に向けた。綺麗な顔の眉間にしわを寄せ、私越しにアレンを睨んでいる。わかりやすく嫉妬してくれているのだが……いらぬ心配だろう。

「もうっ、兄さんったら。私に可愛いなんて言ってくれるのは、兄さんだけよ。余計な心配はやめてよね」

悲しいかな、生まれてこの方、私を褒めるのはシスコン兄だけなのだ。

「あ！　いや、シロナさんは、可愛いよ」

慌ててアレンが慰めてくれた。さすが気遣い王子さまである。

「ほらっ、やっぱり！　僕以外には、絶対笑顔は禁止だから！　お前も、シロナを見るな！」

「違うわよ。兄さんったら、お世辞を本気で取らないで」

殺気立つ兄を急いで止める。下手に実力行使なんてされたら大事である。

「いや、お世辞じゃなく――」

アレンも！　これ以上は、言わないでいいから！

「大丈夫ですよ、アレンさん。……もうっ、兄さんったら、アレンさんに気を遣わせちゃっているじゃない。この話は、これで終わり！　いいわね！」

私は、アレンに目配せしつつ、なおもなにかを言いたそうな兄を一生懸命宥めた。

――なんで、こんなことで苦労しているのだろう？　この旅、本当に大丈夫？

心配にならざるを得ない私だった。

◇騎士アレンの夢◇

――子どもの頃の夢を見た。

視線が低く、見上げれば、今より若い父と伯父がいる。

……ああ、これは間違いなく夢だ。だって、伯父の両目が開いている。伯父は私が五歳のときに、母を悪漢から守り片目を失ったのだ。

同時に、私は妹を喪った。

「アレン、どうして我が国は女王を戴いているのだと思う？」

伯父の明るい声が懐かしい。

この頃の伯父は、とても陽気な人だった。冗談を言っては周囲を笑わせてばかりいた伯父から笑

顔が少なくなったのは、片目を失ったあの事件の後。伯父は、自分の片目より次代の女王を失ったことの方を悔やみ、今でも自分を責めている。

「間違いなく王の血を継承するためです」

子どもの私は、大好きな伯父の質問に元気よく答えた。

なにかの式典に出るためなのか、目の前の父と伯父は麗々しい正装に身を包んでいる。二人とも、身内の欲目抜きで凛々《りり》しく美しい騎士だと思う。この二人を両脇に従えたときの母の神々しさは、どれほど言葉を尽くしても語りきれないくらいだ。

「半分正解だな」

伯父がニヤリと笑い、父は苦笑した。

「半分?」

「ああ、王の血を継承するのは、我らの目標だ。――目標とは目的を達するための手段のことをいう。では、血を継承することによってなにを目的とするのかだが――実はなアレン、我らの祖先は女神とその女神に心身を捧げた騎士なんだ」

伯父は誇らしそうにそう言った。

「女神と騎士……ですか?」

「そうさ。このため王家の血をひく女性の中には、時折女神の資質を持つ者が現れる。お前の母である私の妹――女王陛下もそうだ。そして、女神の資質を持つ女王は、強き騎士を惹《ひ》きつけるのだ。我が国が代々女王を君主とするのは、かつて女神と騎士によって興《おこ》ったこの国の形を引き継ぎ、それによってもたらされる安寧と幸福を守り、子々孫々にまで伝えるためなんだよ」

このときの私は、よほどキョトンとした顔をしていたのだと思う。父が困ったように頭をなでてくれたから。

「アレン、無理に理解しようとしないでいいぞ。義兄上《あに》のお話は、半ばご自身の願望だからな」

「なにを言うウィリー、君こそが陛下に魅せられた強き騎士のくせに」

父の名はウィリアム。ウィリーは愛称だ。

「たしかに私は、陛下にすべてを捧げた騎士だけど、自分がそれほどに強い騎士であるという自信はないよ」

「謙遜はやめてくれ。そんなことをされたら、君に連敗中の私はどうすればいいんだ?」

両手を上にあげ、伯父はわざとらしく顔を顰《しか》める。

「たまたま勝てているだけで、いつだって勝負は互角じゃないか。……それに、私のヴィーへの愛情をそんな伝説で理由づけられたくはないな」

ヴィーは、母ヴィアトリス女王の愛称だ。

伯父は、楽しそうに笑った。

「相変わらず仲睦《なかむつ》まじいことだな。独り者の私には、羨ましい限りだよ」

「そう思うなら、さっさと身を固めればいい。義兄上なら引く手数多《あまた》だろうに」

「そうは言われても、ヴィー以上の女性はなかなかいないからな」

「……このシスコンめ」

父が頭を抱える。

伯父が妹である母を溺愛していることは有名だった。昔から「自分より強い者しかヴィーの婿とは認めない！」と豪語していたそうで、その伯父を破ったのが父なのだ。

楽しそうに会話している二人を見ると、嬉しくなると同時に羨ましくなった。私には、二人にとっての母のような存在がいないから。

夢の中の自分もそうだったようで、気づけば声にだしていた。

「いいなぁ、父上も伯父上も、母上が大好きなのですね。僕にもそんな風に大好きになれる人ができるでしょうか？」

私と同じ緑の目を見開いた伯父が、クシャリと笑う。

「ああ、もちろんだとも。もうすぐお前にも妹が生まれるからな」

「おい！　女の子だと決まったわけではないだろう」

母は、臨月だ。このときの私は知らないけれど、生まれてくる子が妹だということを、今の私は知っている。

「女の子に決まっているさ。私の勘はよく当たるんだ。ヴィーのときも、絶対妹が生まれると信じていたからな」

実際伯父の勘は当たった。……ただ、私はその妹に会うことはできなかったけれど。

「妹は可愛いぞ！　……いや、中にはそうでもない妹もいるが……ヴィーを見た瞬間に、私は一生この子を守ろうと決めたんだ。お前もきっとそうなるさ！」

伯父は楽しそうに断言した。

「義兄上……私の息子をシスコンにさせようとしないでくれ」

「シスコンのなにが悪い！」

「……娘の婚期が遅れます」

「安心しろ。お前だって娘ができれば、嫁にやりたくなくなるに決まっている」

否定できなかったのだろう、父はそのまま黙りこんだ。

——それは安心できることなのか？

ああ、見ることも叶わなかった私の妹よ。あんな事件さえなかったら、君はきっとみんなに愛されれ大切にされたはずなのに。

妹を喪った私は、父や伯父のように心を傾ける相手に会えることは、もう一生ないのだろうか？

その笑顔に心震わせ、命に代えても守ろうと思えるような女性に、私も会いたい！

——夢の中で、私がそう思った途端、視界が歪んだ。

ゆらゆらと揺れる形のない靄《もや》の中……徐々にひとりの少女が現れてくる。私と同じ茶色の髪と、まだはっきり見えない顔の中、目の位置に緑色が見えた。喪われた私の妹も茶色の髪と緑の目だったと聞いている。

徐々に晴れていく靄の向こうに、もうすぐ顔が見える。

——ああ、もう少し。

「――――起きろ、アレン。交替だ」

そのとき、声が聞こえた。

夢がフッと消えていく。

――――待って。

「あ……ああ、クリス」

目を開ければ、そこには美しいが無表情の顔があった。

彼は勇者クリス。魔王討伐へ向かう仲間で……そうだ、今の私は魔王城へ向かう旅の途中だったんだ。

私は、彼とノーマンの三人交替で不寝番をしていた。

思いだした私は、隣に眠るノーマンが目覚めないように気を遣いながら、上半身を起こす。もう少し夢の続きが見たかったが、順番となれば仕方ない。

せっかく見えたと思った少女の顔も……もう、思いだせなかった。

「起こしてくれて、ありがとう」

「ああ」

小声で礼を言った私に素っ気なく頷いたクリスは、音もなくテントから出て行く。

続いて外に出れば、彼は妹のシロナが寝ているテントに入っていくところだった。

その後ろ姿に、モヤッとする。

いや、彼らは兄妹だ。年齢的に多少どうかな？　と思わないでもないけれど、旅という特殊な環境の中ならば、一緒に眠ることになんの問題もない……はずだ。

そういえば、伯父も隙あらば母と一緒に昼寝をしようとしては、父に怒られていたな。――――あ、でも怒られていたってことは、問題があるのか？

私は、頭を二、三回強く横に振った。なんだか、まだ寝ぼけているようだ。埒《らち》もないことばかりに、思考が流れていく。クリスとシロナが一緒に寝ていても、私にはなんの関係もないことなのに。

気持ちを入れ替えると、たき火の様子を見てその前に座った。

燃え盛る炎を見ていれば、その火で魚を焼いていたシロナを思いだす。炎に照らされ金茶に見えた髪の毛とキラキラ輝いていたエメラルドの瞳。頬も赤く染まっていて、いつもと少し違って見えた。

笑いかけられて、ドキッとしてしまったのは……内緒だ。

――――あのとき言った可愛いという言葉に、嘘《うそ》はなかったんだけどな。

シロナには本気にしてもらえなかった。それを残念だと思う私の気持ちは……なんなのだろう？

「……シロナさんが、私の妹だったらよかったのに」

気づけば声が漏れていた。自分の言葉に自分で驚く。

そのとき――――。

「あんな平民娘を妹になどと……気でも狂ったのですか？」

耳障りな声が聞こえてきた。

クリスとシロナが眠るテントとは別のテントから出てきたのは、バルバラだ。テントは二人用が三張りで、バルバラはローザと一緒に使っている。

山魔魚の串焼きが気に入らず駆け去ったバルバラは、あれからすぐに戻ってきた。夜の山中を闇雲に歩くような考えなしでなかったことはよかったが、戻ったからといって反省した様子も見せず、さっさとテントの中に姿を消したのだ。

食事もとらずに眠ったのかと思っていたが、携帯食を食べたのだろう彼女の口元には、食べかすがついている。……公爵令嬢としては、あり得ない姿だ。

「そんなに大きな声をだすものではないよ。みんなを起こしてしまうだろう」

――――バルバラが、今の自分の顔を見れば、羞恥で死んでしまうだろうな。

そう思いながら、私は静かに言葉をかける。視線を逸らしてしまったのは、不可抗力だ。

「あんなバカな発言をするあなたが悪いのです。私のせいではないわ」

相変わらずバルバラに、私の言葉は届かない。

大きくため息をつく私にかまわず、彼女は私の横にやってきた。ストンと腰を落とす。

「あなたの先ほどの発言、狂気の沙汰としか思えないけれど……そうね。私、あなたに協力してあげてもよくてよ」

美しくとも少しも惹かれぬ笑みをバルバラは浮かべる。口元に食べかすがついている状態で、上から目線に言われても、聞く気はまったく起きない。

「……協力?」

一応聞き返した。無視すれば無視したでうるさいからだ。

「あなたは、あの平民娘が気に入ったのでしょう？　私はクリスさまを手に入れるために、あの女が邪魔なの。私たちの利害は一致すると思わない？」

全然まったく思わない。

「私の感情は、君が思うようなものではないよ」

遠回しに否定した。

「あら？　あの娘が欲しいのではなくて？　気に入ったのなら手に入れて、すべてを自分のものにしたいと思うのが、普通でしょう？」

「違うよ」

今度は、はっきり否定した。

自分の考えこそが唯一無二で正しいのだと思うのは、バルバラの致命的な欠点だ。

「たしかに私は、シロナさんが妹だったらいいなと言ったけれど、それは彼女が周囲に気配りのできる優しい人だからだよ。純粋に彼女の人柄が気に入ったんだ。それ以上の思いはないよ。それに彼女は、自立したひとりの人間だ。自分のものにしたいなんて思わないし、できるとも思わない」

断言すれば、バルバラはつまらなそうに肩を竦めた。

「優等生な王子さまらしいお答えね。……だから、あなたは王になれないのよ」

「王になれるともなりたいとも思わないね」

我が国は、女神の力を継承する女王の国だ。私がなりたいのは、王ではなく女王を守る騎士の方。

私がそう言えば、バルバラはフンと鼻を鳴らした。

「腰抜けの言い分ね。……私は自分が欲しいと思ったものは必ず手に入れるし、どんな手段を使っても自分のものにするわ」

「……君も王にはなれそうにないね」

私の言葉を聞いたバルバラは、怒りの表情を浮かべた。視線だけで私を射殺しそうな勢いで睨んでくる。

――だから、その食べかすをなんとかしてもらわないと、怯《おび》えることもできないよ。

ついつい苦笑してしまえば、バルバラはすっくと立ち上がった。

「腰抜け」

捨て台詞を吐いて、そのままテントに戻っていく。

ドッと疲れてしまった。夜空を見上げ、心を休める。

――ああ、星が美しいな。

「……お疲れさん」

ボーッとしていれば、ねぎらいの声が聞こえてきた。顔を向けると、いつの間にかノーマンが出てきている。

「すまない。起こしてしまったのかな?」

「あれだけ騒いでいればな」

ノーマンは、苦笑して私の隣に腰を下ろした。親指でクリスとシロナのテントの方をさす。

「当然、あっちも起きていたぞ。話し声が聞こえたんだが……嬢ちゃんが必死でクリスを宥めていたぞ。命拾いしたな」

ツッと背中に冷たい汗が流れた。

「本当かい？」

「ああ……『兄さん、人殺しはダメよ！　そんなことをしたら、もう一緒に寝てあげないから！』……だとよ」

大きく息を吐く。

「シロナさんには、足を向けて寝られないな」

きっとシロナさんが止めてくれなければ、私もバルバラもクリスの手で抹殺されていたはずだ。

「まったくだな。嬢ちゃんさまさまだぞ。……もしも嬢ちゃんがこの旅についてこなかったら、と考えるとゾッとするぜ」

たしかにとても殺伐とした旅になったのは間違いない。想像するのも怖ろしかった。

バルバラも問題児なのだが、勇者クリスも大概だ。

「出会って早々に、クリスが妹自慢をはじめたときはどうしようと思ったんだけどな。魔王討伐の旅に家族連れだなんて、とんでもないと思ったよ」

――いくら妹が好きでもあれはない。たしかに私もそう思った。

ただ、すぐにそのクリスをシロナさんが窘めたので、ホッとした。少なくとも彼女は常識人だとわかったからだ。その後もシロナさんは、折々でクリスを止めたり足りないところを補ったりと、とてもいい働きをしてくれている。

「今になれば、クリスがあれほどシロナさんを褒めるのもわかるな。彼の言うとおりだ。シロナさんはとても可愛いし優秀だから」

正直な気持ちが声になった。

ノーマンが、うわぁという顔をしてこちらを見る。

「……悪いことは言わないから、嬢ちゃんだけはやめておけ」

「え？」

どういうことだ？

「嬢ちゃんは、ものすごくいい子だが、あんな怖いアニキがついてくるんだぞ。絶対苦労するって！」

これは……なんだか誤解されている？

「さっきの話を聞いていたんだろう？　私は特にシロナさんと、恋人になりたいとか結婚したいとか思っているわけではないよ」

「……嬢ちゃんが好きなんだろう？」

「好きは好きでも、好ましいというくらいだ。私の気持ちはそこまで重くない」

淡々と告げたのだが、ノーマンは疑《うたぐ》り深そうな目を向けてきた。

「恋に墜《お》ちかけている奴は、大抵そう言うんだ」

「私は違う」

「……ならいいんだが」

本当に違う。私は王子だ。そんなに簡単に恋したりしない。――このときの私は、本気でそう信じていた。

第四章　勇者一行の教育とその成果

――やられた。

私は、こぼれそうになるため息を、なんとか堪える。

「まさか、こんな幼稚な手を打ってくるなんて思わなかったわ」

ついつい愚痴が口をつく。だって、きちんと高度な教育を受けているような貴族令嬢が、こんなに見え透いた誰が見ても犯人がわかるような罠をしかけてくるなんて、予想していなかったんだもの。

――いや、うすうすはわかってはいたのよね。ただでさえ強くない聖女の忍耐力が、今にもキレそうだってことは。でも、さすがにこれはないでしょう！

私と二人きりになった途端、回復魔法のレイズをかけて魔鬣犬《マヨウケン》の群れに突き落とすなんて！　立派な殺害行為だわ。

魔鬣犬とは、ハイエナに似た討伐ランクAの魔獣。レイズとは瀕死の状況を回復させる聖魔法のことだ。たいへん強力で切り札的な魔法なのだが、欠点がひとつ。レイズをかけられた人間には聖魔法の残滓《ざんし》が強くこびりつき、その気配というか臭いみたいななにかに、魔のモノがものすごい敵意を向けるのである。それは、例えるなら家の中でゴキブリを見つけた主婦なみの憎悪を。魔のモノは、レイズを受けた人間をなにがなんでも抹殺するという強い決意を持つのだという。

そして現在私は、そのレイズをかけられて魔鬣犬三匹の真ん前にいた。文句のひとつやふたつ叫んだところで、許してもらえる状況だろう。

私をこんな状況に置いた犯人は、言わずと知れた聖女だ。

「アハハ！　いいざまよ。必死に逃げ惑い泣き喚《わめ》きなさい！　安心していいわよ。私は優しい聖女だから、あなたが死にそうになったらレイズをかけてあげる。……まあ、その結果がどうなるかは知らないけれどね」

私の後方で、聖女が高笑いをしていた。

つまり彼女は――私にレイズをかける→魔鬣犬に襲われ瀕死になる→私にレイズをかける――というエンドレスループをお望みらしい。

――ホント、性格が悪いったらありゃしない！　私は、出かかった舌打ちを堪えた。

山魔魚の串焼きを食べてから一週間。私たち勇者一行は、表面上は順調に旅を続けていた。無事に山中を抜けて国境を目指し、関塞《かんさい》で馬を替え補給を受けて一路魔王城を目指していたのだ。

問題児の聖女も所々で小さな我儘を言って困らせたが、その都度アレンに窘められ兄に冷たい目で睨まれて、ふてくされながらもついてきた。苛々は徐々に大きくなっていたようだけど、それを爆発させても自分の得にはならないことくらいわかっているはずだと思っていた。せいぜい小さないやがらせの数が増えるくらいだと予想していたのに。

――我慢の限度が低すぎるでしょう！

はじまりは、ノーマンが魔鬣犬の群れを発見したことだった。かなり大きな群れで、総勢七十匹ほどが、リーダーとおぼしき魔斑鬣犬《マハンヨウケン》に率いられていたのだ。

相談の結果、このあたりで集団戦の訓練をしておいた方がいいということに意見がまとまったのは、自然な成り行きだっただろう。ローザが広範囲攻撃魔法を放った後で、兄が討伐ランクＡＡの魔斑鬣犬を目指して中央突破。兄の両脇でアレンとノーマンが、残りの魔鬣犬を掃討するということに作戦は決まった。聖女は後方支援で、兄のおまけでしかない私はさらにその後ろで見学する。

――まあ、私も、この規模の魔鬣犬くらいなら多少兄が暴走しても問題ないわよねと、油断していたのも悪かったのかもしれないけれど。

兄たちが十分に遠く離れたと見て取った聖女が、私にレイズをかけて魔鬣犬の方に突き飛ばしたのは、戦いがはじまって五分ほど経ったときのこと。それも、自分に身体強化魔法をかけての強力な突き飛ばしだ。

結果、哀れ私は、魔鬣犬の群れの端っこ、兄たちが打ち漏らした三匹の真ん中に放りこまれたというわけだ。

「あなたみたいな妹がいなければ、クリスさまは私を見てくださるはずなのよ！　邪魔者は、散々恐い目に遭って命からがら逃げだせばいいんだわ！」

私がいなくても、兄が聖女に惹かれることはけっしてないと断言できる。とはいえ、それを今言っても無駄だろうし、そんな時間もない。なにより、あんな奴に意識を向けるのも面倒くさかった。

――――もう、仕方ないわよね。

私は、腰にさしていた短剣をスラリと抜く。膝を軽く曲げ、いつどこからの攻撃にも反応できるように意識を研ぎ澄ました。

グォォォッ！　という唸り声と同時に、私の首めがけ魔鬣犬が襲いかかってきたのは、そのすぐ後のこと。

軽く上半身を傾けることでその牙を躱した私は、次いで腕を一閃！　襲ってきた魔鬣犬の喉笛を短剣で切り裂いた。間髪入れず、体当たりしてきたもう一匹を、片足で蹴り飛ばす！　その後素早く駆けだして、様子見をしていた三匹めに肉迫し、脳天に短剣を突き刺した。

ガキッ！　と、頭蓋骨に埋まった剣を引き抜きながら後方にバック宙返り。私に蹴り飛ばされてフラフラしていた魔鬣犬の首を背中側から切り裂く！

あっという間に三匹の魔鬣犬を屠《ほふ》った私に、聖女が驚愕《きょうがく》の目を向けてきた。

「あ、あ、あなた――――」

「……私、戦えないとか言った覚えはないけれど？」

短剣をサッと振り、血を飛ばしながら、そう言ってやる。

こちとら、伊達《だて》に十五年も勇者の妹をやってないのだ。幼いときから半ば強制的に兄と行動していた私は――――実は、そこそこの戦闘力を持っていた。言っちゃ悪いが、魔鬣犬の三匹や五匹や十匹くらい余裕で瞬殺できる自信がある。

また、そうでもなければ、私を溺愛している兄が、魔王討伐なんていう危険な旅に私を連れてくるはずもなかった。

私を見て絶句している聖女に、ニヤリと笑いかけてやる。

「イ、イ、イ、イイモノかけてもらったし、ちょっと憂さ晴らししてくるわね。……ありがとう」

イイモノというのは、聖女のかけてくれたレイズのことである。そのおかげか、それとも私が倒した魔鬣犬の上げた断末魔の悲鳴のせいなのか、アレンやノーマン、ローザと戦っていた魔鬣犬の一部がこちらに向かってきている。

私は、口角が上がるのを抑えられなかった。

――――うん。私もいい加減鬱憤がたまっていたのだろう。そのまま駆けだしてしまったのは不可抗力だ、仕方ない。

「くっ……勇者の妹とはいえ一般人のはずなのに……強すぎるでしょう！　こうなったら弱体化魔法をかけてやるわ！　――――デバフ！」

懲りない聖女が私を弱らせる魔法をかけてくる。おかげで加減せずに暴れられそうだ。

「ありがとう！」

心からお礼を言ったのに、聖女は地団駄踏んで悔しがっている。

久しぶりに思いっきり体を動かしながら、私は我慢はよくないなぁと考えていた。


で、その後――――。

「ごめん。この次からは、獲物の半分はシロナに譲るからね」

憂さ晴らしを兼ねた戦闘でちょっと暴れすぎた私に、兄が頭を下げてくる。

「兄さんったら、そんな必要ないわよ。普通に旅していれば、私もそこまで苛々しないと思うわ」

「ううん。運動不足はよくないよ。配慮ができなかった僕が悪い。……ホントにごめんね」

シュンとした兄は、ちょっと可愛い。

とはいえ、獲物半分はもらいすぎだろう。せめて三分の一……いや、勇者一行の頭数を考えれば六分の一くらいが妥当な線か。

「それにしても回復魔法のレイズにそんな効果があるとは思わなかったな。今度僕にもかけてもらおうかな」

考えていれば、兄は表情を一転。楽しそうにそんなことを言いだした。百パーセント本気なのは間違いない。その証拠に、未だかつてないほど好意的な笑顔を聖女に向けているもの。

そう、今回の件について私から事情を聞いた兄は、聖女に怒ったりしなかった。むしろ私が思いっきり戦えたことを喜んで、お礼を言ったくらいだ。

「バルバラさんは、その後も私に弱体化魔法のデバフをかけてくれたのよ。おかげでやりすぎなくて済んだの。助かったわ」

私も感謝の言葉を聖女にかけた。厭味《いやみ》が九割九分だが、憂さ晴らしができたことへの本気の感謝も、一分くらいはある。

悔しそうに顔を引きつらせた聖女の顔は、見物だった。

アレン、ノーマン、ローザの三人は「うわぁ」と言った後でドン引き顔。

兄は、目を輝かせた。

「それはいいな。正直、聖魔法なんてなんの役にも立たないと思っていたんだけど……そうか、そんな使い方もあるんだな」

ニコニコニコと、ものすごく嬉しそう。

「兄さんもかけてもらうといいんじゃない？」

特にデバフは、暴走抑制に最適よ。

「ああ、そうだな」

「――――おい、それでいいのかよ？」

兄妹仲良く会話していれば、ノーマンがツッコんできた。

「大丈夫だ。最近敵が弱くてやりがいがなかったからな。自分が弱体化できるならちょうどいい」

「いやいやいや、そうじゃねぇよ！」

両手を大きく横に振りながら、ノーマンが叫ぶ。

「そうじゃないって？」

「その聖女さまは、嬢ちゃんを殺そうとしたんだぜ。それを咎《とが》めないでいいのかよ？」

そう言われれば、そうだった。あんまりどうでもいいことなので、ついつい忘れていた。

「そんな！　殺そうだなんて、していませんわ！」

ノーマンの言葉を聞いた聖女は、大声で否定した。

――――図々しいったらありゃしない。彼女がやったことは、立派な殺人未遂だ。回復魔法で助けるつもりだったなんて言ったって、本当に助けたかどうかは、わからない。

この場の誰ひとり、聖女の言葉を信じる者はいなかった。

しかし、兄は「ああ」と言って笑う。

「害虫をいちいち駆除しても仕方ないからね。彼女の弱さじゃ、シロナにかすり傷ひとつつけられそうにないし……それに、放って置いてもあまり害にならないものは殺しちゃダメって、シロナに言われているんだ」

兄の口調は、ちょっと残念そう。私の言葉がなかったら、きっと聖女を瞬殺していただろうことは、間違いない。

私は腰に手を当て、兄をキッと睨みつけた。

「無益の殺傷はしちゃダメに決まっているでしょう。……前だって、兄さんったら私がちょっと怖がっただけで、魔油蟲を絶滅させようとしたじゃない！」

「シロナは、優しいね」

「褒めても、やり返しすぎは絶対ダメですからね」

私が釘《くぎ》を刺せば、兄は「チェッ」と小さく舌打ちした。

「……魔油蟲って」

ノーマンが呆然としたように呟く。

「わ、私は、蟲ではありませんわ！」

聖女が、顔を真っ赤にして叫んだ。

うん。そんなの当たり前。彼女と一緒にされたら蟲の方がかわいそうだ。

兄は、パッと表情を明るくした。

「そうだよね！　ほらシロナ、本人もああ言っているし、種の絶滅じゃなくていっぱいいる人間の中のひとりくらいの駆除ならいいんじゃないのかな？」

個人の駆除＝殺人を、そんなに綺麗な笑顔で提案しないでほしい。

「ダメったら、ダメよ！　弱い者イジメをする兄さんなんか、嫌いになるわよ！」

「ええ！　そんな、シロナ！」

兄は、ショックを受けたようで「嫌わないで」と縋りついてくる。

「……弱い者イジメ」

今度は、アレンがポツリと呟いた。

堪えきれずにローザが、プッと吹きだす。

聖女は、声もだせずにブルブルと震えていた。

「……まあ、嬢ちゃんたちがそれでいいんなら、言うことはないんだがよ」

ノーマンはまだ納得できないようだ。

「大丈夫ですよ。……それに、仕返しはしませんけど、教育はしなくっちゃいけないかなって思っていますから」

私は、笑いながらそう言った。

「教育？」

「ええ。バルバラさんには『自業自得』とか『因果応報』とか『身から出たサビ』とか『ブーメラン』とか……しっかり学んでほしいんです」

「……うわぁ」

ノーマンが、なにかに怯えたように一歩二歩と後退《あとずさ》る。

「ブーメラン？」

アレンは、そこに引っかかったもよう。この世界にはブーメランってないのかな？

「シロナの教育は厳しいからな。……僕もよく泣いたもんだ」

兄が懐かしそうにそう言った。

「クリスさまが……泣く？」

ローザが、信じられないように目をみはる。

「もうっ、兄さんったら誤解を招くような言い方はやめてよね。兄さんは私にかまってもらって嬉し泣きしただけじゃない」

風評被害も甚だしい。私はただの村人なのだ。勇者の妹なので普通の人よりはちょっぴり強いかもしれないけれど、勇者を泣かすほどだなんて思われたくない。

「……嬉し泣き……それはそれでちょっと引くな」

ノーマンは、さっきから引きっぱなしじゃなかろうか？

「具体的になにをするつもりなんだい？」

その点、アレンの質問は建設的だった。

「そうですね。基本は『目には目を、歯には歯を』でしょうか？」

「え？」

「自分で自分にレイズとデバフをかけてもらって、魔獣と戦ってもらいます」

「はぁぁぁ!?」

最初の「え？」はアレンで、次の「はぁぁぁ!?」はノーマン。

「そんなこと、私にできるはずがないでしょう！」

聖女は、金切り声を上げた。

「できますよ。っていうか、できるまで私が教えてさしあげます。教育するって言いましたでしょう？」

「そんなことされたら、死んじゃうわ！」

「死にませんよ。死ぬ前にまたレイズをかければいいんです。バルバラさんだって、自分でそう言っていたじゃないですか？」

ニッコリ笑ってそう言ってやれば、聖女はグッと言葉を詰まらせる。

「……そ、それは」

「最初の授業は『自分にされたらいやなことは、他人にしてはいけません』ですよ。それがわかるようになるのが目標です。……骨身に沁《し》みるまで頑張りましょうね」

「……うわぁ〜」

ノーマンは、やっぱり引いている。

このくらい序の口なのに……困ったものである。


――で、有言実行。やるときはやる私です。

「いやぁぁっ！　死ぬ、死ぬ、死ぬ、死んじゃう！　……どうして、レイズなんてかけてないのに、魔獣が寄ってくるの？」

情けない悲鳴を上げているのは、聖女だ。彼女は現在進行形で、魔腮鼠に追いかけ回されている。

「大丈夫ですよぉ！　魔腮鼠相手に死ぬのは至難の業です。せいぜい骨折くらいが関の山ですから、頑張ってくださいね！」

私は、メガホン代わりに口の両脇に手を当てて、応援した。

全員に脅され否《いや》も応もなく教育を受けることになった聖女だが、やはりと言うべきかなんと言うべきか、自分で自分にレイズをかけろと言ったのにかけるふりだけして誤魔化そうとした。

まったく往生際の悪い聖女さまである。なので、私がかけてあげたのだ。

そう。やってみたら私にも聖魔法ができたのである。今まで魔法なんて使えないと思っていたけれど、そういえば聖魔法は試したことがなかったわ。

――うん。やっぱり私って女王の子どもだったのね。聖魔法が使えるのは、王族の女性だけってことだから、疑惑確定です。まあ、わかってはいたんだけど。

もちろん、レイズは誰にもバレないようにこっそりかけた。聖女が、なにやら叫んでいるが……

混乱しているってことで押し切れるはず。

「きゃぁぁぁっ！」

「逃げてばかりじゃダメですよ！　戦わないと！」

「私は、聖魔法使いなのよ！　攻撃なんてできるわけないじゃない！」

「人間、死ぬ気になればなんでもできるもんです！」

「そんな気になんて、なってたまりますか！」

「じゃあ、死んでください！」

「いやよぉ！　私を助けなさい！」

「いやです！」

きっぱり断ってやれば、聖女は涙目で睨んできた。まだまだ余裕がありそうでなによりである。

「いやぁぁっ！　こっちに来ないで！」

聖女の振り回した聖杖《せいじょう》が、魔腮鼠にボカン！　とヒットした。高そうな大きい宝石がついているので、効果は抜群だ。

子豚サイズのハムスター……もとい、魔腮鼠が「キュー」と悲鳴を上げてひっくり返る。

「やればできるじゃないですか！」

「やりたくなんてないのよ！」

聖杖をブンブン振り回しながら聖女が叫んだ。

うんうん。まだまだ元気そうだ。こっそりデバフをかけてやろうかな？

ニヤリと笑う私の横で、ノーマンが、また「うわぁ」と言って引いている。

「シロナ、僕も！　僕にも教育してよ」

反対側の隣から兄がしつこく強請《ねだ》ってきた。

私の教育は、まだまだはじまったばかりである。


そして一カ月後。

「やったわ！　見なさい。私にかかればこの程度の魔獣、敵ではないのよ！」

魔改造された刺のついた聖杖を振り上げ、バルバラが得意そうに叫ぶ。彼女の足下には、三体の単眼豚が倒れていた。魔腮鼠に比べれば格段に強い魔物だ。

「お見事です！　次は、単眼熊《タンガンベア》に挑戦ですね」

単眼熊の討伐ランクはB。

「任せなさい！　あっという間に撲殺してあげるわ！」

ホーホホホ！　と高笑いするバルバラ。

撲殺とか、絶対聖女の戦い方ではないだろう。……聖女どこ行った？

旅を続けながら私の教育を受けたバルバラは、立派な前衛戦士に進化を遂げていた。そう、彼女はやればできる子だったのである。……まあ、さすがにここまでの戦闘狂になるとは思わなかったのだが。

きっかけは、やはり魔腮鼠を杖で撲殺したことだろうか？

あの後、私はバルバラを褒めて褒めて褒めまくった。

「本当に今まで魔獣と直接戦ったことがなかったとは思えないですよ。最初の戦闘でここまで戦えるなんて……バルバラさんって天才だったんですね！」

「なっ！　……ひ、人を死にそうな目に遭わせておいて……なにを言っているのよ！　……で、でも……ま、まああ、なかなか見る目はあるようね。……そうよ。私みたいな天才には、できないことなんてないのよ！　この程度の魔獣など、敵ではないわ」

頰を赤く染めながら、バルバラは胸を張る。

「すごいです！　じゃあ、次はもう少し大きい魔獣に挑戦してみましょうか」

「えっ！　そ、それは……いやよ！　私が、そんなことするわけないでしょう！」

「大丈夫ですよ。バルバラさんなら、きっとできるはずです！　なんと言っても天才ですもの」

「そんな言葉におだてられると思ったら、大間違いよ！」

――――大間違いでは、なかった。生まれながらの令嬢で、周囲からちやほやされて育ったバルバラは、おだてにたいへん弱かったのである。

うん、きっと彼女は、褒められて育つタイプなのだろう。ただ今までは、よくても悪くても褒められていたので、本当の意味では成長できなかったのではなかろうか？

「すごい！　すごい！　バルバラさん、カッコイイです！」

「そ、そう？　フフン。もっと褒めてもいいのよ」

「私、もう一度バルバラさんのカッコイイところが見たいです」

「ま、まあ……それほど言うのなら、もう一度やってあげてもいいかしら」

なんというか、あまりにもチョロすぎるのではなかろうか？　この人が次の次の女王だなんて……うちの国、大丈夫？

そんな心配をせざるを得ないほど、バルバラは私に褒められ調子に乗った。その後も、繰り返し私の『教育』を受け見事戦士として開花していったのだ。今では魔族と戦闘になるたびに、自ら前線に飛びだし聖杖を振り回すくらい。

――――ちょっと、育てすぎちゃったかな？

ま、なにはともあれめでたしめでたし……と言いたいところなのだが、問題は例によって私のことが好きすぎる兄だった。

「ズルい！　あの女ばかりシロナに褒められて……殺してやる！」

バルバラをギロリと睨みつけ、悔しそうに叫ぶシスコン兄。そんな理由で仲間を殺そうとしないでほしい。

「ダメよ、兄さん。バルバラさんは今が伸び盛りなだけなの。本当に強いのも誰よりすごいのも兄さんだってこと、私はちゃんとわかっているから！　嫉妬なんてしないでちょうだい！」

「だって――――」

「だってもさってもないの！　私は、兄さんが一番好きよ！」

「シロナ！」

ぎゅうっと痛いくらいに抱き締められたが、このくらいは甘んじて我慢しなければなるまい。私も一生懸命手を伸ばし、ポンポンと兄の背中を叩いて宥める。

ようやくちょっと落ち着いたかなぁと、思ったのだが――。

「フフフ、その一番の座も、いずれ私が奪ってさしあげますわ。なにせ私は、伸び盛りですから！」

そこに、バルバラから横槍が入った。

そう。なぜかバルバラは、兄に恋する乙女から、兄をライバル視するスポ根ドラマのライバル令嬢に進化したのだ。イメージは、アレだ……某名作テニス漫画のお○夫人。

「なんだと！」

「言ったとおりですわ。頭打ちになったクリスさまなど、私の敵ではありませんのよ」

バルバラの背後に、咲き誇る花々と舞飛ぶ蝶《ちょう》が見える……ような気がする。

「頭打ちだと……そんなはずがないだろう！」

「実際、最近のクリスさまは、伸びていないのでは？」

「くっ！　見ていろ！」

叫ぶなり兄が飛びだした。向かうは目の前に広がる深い森。つい先ほどバルバラが単眼豚を倒した場所だ。

「黙って見ているはずがないでしょう？　私の方がすごい獲物を狩ってきてさしあげますわ！　シロナさん、待っていらしてね」

高らかに宣言してバルバラも駆けだした。

――いや、うん。やる気に満ち溢れているのはいいんだけれど。この森の魔物は殲滅《せんめつ》されるんじゃないかな？　……ああ、でも私たちは勇者一行だから、それはそれでいいのかも？

考えこんでいればガサガサと音がして、アレンが茂みから現れた。

「あ、シロナさん！　これ狩ってきたんだけど……どうかな？」

彼が片手に持っているのは直径三十センチくらいの蛇の頭がふたつ。ただし胴体はひとつで、後ろにズルズルと伸びて茂みの中に続いている。見えている範囲に尾は見えない。

――――うん。多頭魔蛇《タトウマダ》の一種で双頭魔蛇《ソウトウマダ》ですね。素早い上に致死レベルの毒を持っているので討伐ランクはSなんだけど。

「……すごいですね。おひとりで狩ってこられたんですか？」

私の褒め言葉に、アレンが頬を赤らめた。

「ああ。バルバラ嬢も頑張っているし、私としてもこれくらいはできなければと思ってね。……これもみんなシロナさんの『教育』のおかげだよ」

嬉しそうに微笑む王子さまはキラキラしている。手に持つ双頭魔蛇さえなければ、宗教画のような清々《すがすが》しさだと言えただろう。

「そ、そんなこともないと思いますけど」

「いやいや、シロナさんが『教育』の中でだす、各人の能力限界ギリギリを見極めた適切な課題がなければ、私もバルバラ嬢もノーマンだって、ここまで強くなれなかったよ。本当にありがとう」

心からお礼を言われて、私の頬はピクピクと引きつった。

そう。バルバラを『教育』している私を見たアレンやノーマンは、自分たちもそれを受けたいと志願してきたのだ。

「聖女より戦闘力が弱い騎士なんて、あり得ないからね」

「戦士も同じだ。このままじゃ立つ瀬がなくなっちまう」

――いや、そこまで強くなる必要はないような気がするんだけど？　既に兄の戦闘力だけで、このパーティーの戦力は過剰だよね？　……っていうか、ぶっちゃけバルバラの『教育』は、あくまで精神メインというか、私にしたことへの仕返しが主で、戦闘力が上がるのはおまけでしかないんだけど？

いろいろ言葉が頭を過《よぎ》ったのだが、結局私は頷いた。説得するのが面倒くさかったともいう。

結果、アレンとノーマンにもバルバラからレイズとデバフをかけさせて魔獣を倒させまくったのだ。二人ともかなりレベルアップを果たしたのは言うまでもない。

――今の勇者一行を倒すのは、魔王軍総掛かりでもかなり難しいのではなかろうか？　……っていうか、ひょっとしてこの実力なら魔王軍を瞬殺できるのでは？　……とりあえず、戦力が上がるのはいいことだから大丈夫だよね？

「あ、いたいた。見てくれ、俺の戦果！」

そこにノーマンが帰ってくる。背中に担いでいるのは、雄鶏頭蛇《ユウケイトウダ》ではなかろうか？　蛇の尾を持つ雄鶏《おんどり》で、双頭魔蛇と同じくらい強いはず。当然討伐ランクはSだ。

「……すごいですね」

「ああ、嬢ちゃんのおかげだよ」

そうではないと思いたい。

「シロナさん、やりましたわ！」

「シロナ！　見て見て！」

その後、バルバラが羽石竜子《ウトカゲ》を狩ってきて兄が雹竜《アラ》を狩ってきた。羽石竜子は、日本でいうところのワイバーンで、雹竜は、ドラゴンの中でも嵐を操る悪神レベルの竜だ。どっちも、そう簡単に狩ってこられる魔獣ではないんだけどな。もちろん討伐ランクはＳ。

「バルバラさんも兄さんもすごいです！」

半ば自棄《やけ》になって褒め称《たた》えながら、この戦力と戦うことになる魔物たちに、つい同情してしまう私だった。

◇魔法使いローザの焦り◇

――――こんなはずではなかったのに。

ローザは、内心焦っていた。

「私の獲物の方が大きいですわ！」

魔王城を目指す勇者一行が本日遭遇したのは黒夸父《コクコホ》の集団だ。真っ黒な巨人で、図体の割に素早くて一体だけでもてこずる敵が五体の集団で襲ってきた。討伐ランクはＡＡ。

「大きさがすべてではない。僕が倒した奴がこの集団のリーダーだったんだ。僕の方が戦いに貢献している」

自分の倒した黒夸父の大きさを自慢するバルバラに、クリスが敵の質を上げて反論する。

「私は二体倒しました」

「俺の獲物は、とんでもなく素早かったぞ」

数を自慢するのはアレンで、素早さを強調するのはノーマンだ。

「大きさが一番ですわよね？　シロナさん！」

「違うよ。リーダーを倒した僕が一番だよね？　シロナ」

「二体倒したのは私だけですよ。シロナさん」

「嬢ちゃん、俺って動きが速くなったと思うだろう？」

そして、彼らは口々に勇者の妹シロナからの賞賛を求めた。

「みなさんすごいと思いますよ」

ちょっと困ったようにシロナは、みんなに笑いかける。

「他の奴らなんて褒めないで！　シロナの一番は僕なんだから！」

中でも勇者が一番うるさかった。妹をギュッと抱き締めて自分以外の人間を近づけないよう牽制《けんせい》する姿は、まるで駄々っ子のよう。

「ちょっと、シロナさんを離しなさい！」

つい一カ月ほど前まで勇者に首ったけだった聖女も、今ではシロナの方に執着していた。

まあ、どんなに熱を上げても振り向いてくれない勇者より、自分を目一杯褒めて育ててくれたシロナに情が移るのは、人間として当たり前なのかもしれないが。

「そんなに力を入れたら、シロナさんが傷ついてしまいますよ」

王子はかなり前からシロナを気にしていた。旅を続け寝食を共にし、ますます親愛度が深まるのは不思議でもなんでもない。

「相変わらずシスコンすぎだよな」

一歩引いて呆れているノーマンでさえも、シロナを大切にしているのは疑いようもなかった。妻子持ちだという彼がシロナに抱いているのは、娘や妹に対する庇護欲《ひごよく》みたいなものではあろうが、それでも好意であるのは間違いない。

本当に困ったと、ローザは無言で頭を抱えた。

――これでは計画を大幅に修正しなければならないじゃない。まず、聖女を完全に孤立させ、勇者一行から排除する予定だったのに。大誤算もいいところだわ。

実は、ローザは勇者一行の仲間割れを狙っていた。手はじめに聖女を追放し、回復や支援魔法を使えないようにしようとしていたのだ。

いったいなぜ？　と思われるかもしれないが、理由は単純。なんと、ローザは魔族の血を引く混血児だったのだ。父方の祖母が魔族で、ローザの魔法はその祖母仕こみ。

珍しいと思われるかもしれないが、実のところそうでもなかった。魔族の中には人間とほとんど見分けがつかない外見のモノがいるのである。

一般に魔族というと、大きな角があったり黒い翼があったり手が六本に四つ足とか八本足とか、目立つ外見的特徴があるのが普通だが、要はそれだけバラエティに富んだ種族のいる他民族国家なのだということ。角や翼はある意味能力の象徴だ。高位魔族になればなるほど派手な特徴を持っているというのは、魔族の一般常識だったりする。

反対に下位魔族の多くはそういった特徴が小さかったりなかったり……つまり外見だけでは人間と区別のつかないモノなのだった。

力こそすべての魔国において、下位の魔族が生き辛いのは言うまでもない。

しかし、そんな彼らでも魔族としては弱くても人間に比べれば十分強い。結果、人間の国ならば下位魔族も魔法使いとして大成できるのだった。

故国で辛酸を嘗《な》めているモノが他国で一旗揚げようと考えるのは、魔族も人間も変わらない。魔国から非合法に人間界に紛れこむモノは、昔からある程度存在するのだ。ローザの祖母もそんな魔族のひとりだった。……まあ、祖母の場合は他にも理由があったようだが。

とはいえ、魔国はもちろん人間の国でもローザの祖母のような存在は公式には認められていない。そしてその分同じ境遇の仲間同士の連帯は強かった。

魔法使いとして有名になり勇者一行に選ばれたローザに、祖母から内々に依頼がきたのは旅立ちの少し前のこと。

「人間を裏切れとは言わないよ。ただ、魔王を倒すのはともかく魔族を根絶《ねだ》やしにするのは、やめてほしいんだよ」

久しぶりに会った祖母は、ローザにそう頼んできた。

「ええっ！　で、でも、いくら勇者一行だって私を入れて五人でしかないのよ。魔族の根絶やしなんてできっこないんじゃない？」

そんな心配は不要なのではないかと、ローザは祖母に言う。実際、勇者一行の目的は魔王の殺害のみで、その後の魔国平定は人間国家の仕事のはず。魔族を殲滅せよなどという命令は受けていない。

それになによりローザは人見知りの気があった。まったくコミュニケーションが取れないわけではないのだが、会話は必要最低限。引っこみ思案の自分に、勇者一行の邪魔なんてできるとは思えない。

しかし、祖母は白くなった頭を横に振った。よく見ればその白髪の中に豆粒みたいな小さな角が見える。

「今代の勇者は、どうも規格外みたいなんだよ。仲間内に未来視を持つ奴がいるんだけどね、下手をすると魔族は絶滅するって言って怯えているのさ。それも尋常じゃない様子で。……まあ、私は今さら魔国がどうなろうとかまいやしないんだが……仲間の中には、故国を捨てきれない奴も多くてね。下手に滅ぼされたりしたら、そいつらが暴走する怖れがある。そのとばっちりを食ったら、さすがにまずいだろう？」

たしかにそれはごめんだった。せっかく秘密裏に潜んでいるのに、暴かれたあげく追われる立場になったら笑えない。

結局、ローザは祖母の依頼を受けた。同時に魔国側の協力者の情報も教えてもらう。

とはいえとりあえずは様子見だ。勇者の仲間としてこっそり観察しながら、できれば彼らの力を削《そ》いで、魔族の絶滅を防ぐ方法を探すことにしたのである。

そんな思惑を持って参加したローザだったが……勇者が本当に規格外だということは、彼の魔法を見てすぐにわかった。冗談抜きに国のひとつやふたつ滅ぼしてしまいそうな強さを、勇者クリスは持っている。剣技のみならず魔法もすごいとか、反則だとしか思えない。魔王というのは、ひょっとしてこの勇者の方を言うのではないかと疑ってしまうくらいだ。

これほど強くては、勇者につけいる隙などありはしない。第一印象は親バカならぬ兄バカだったのに、今では側に寄ることさえも怖いと思ってしまうほどだ。

しかし、勇者個人は完全無比だったが、勇者一行という面で見ればこのパーティーは問題ありまくりだった。

なにせ、ローザ自身が魔族の手助けをしようとする裏切り者なのだから。

そしてローザ以外でも問題はあった。一番は聖女である。女王の姪《めい》で、とんでもなく自尊心が高く我儘な聖女には協調性は皆無。その上、勇者に一目惚れして自分だけのものにしようとしているのだから、愚かという他はない。聖女は魔王討伐など眼中になく、勇者の心を得ることのみに心血を注いでいた。

まあ、聖女の気持ちも少しはわからないでもないとローザも思う。勇者はとんでもなく美しい青年だったからだ。ローザだって、あまりに異常な彼の強さを目にしていなければ、熱を上げていたかもしれない。

そういった意味合いでは、クリスの規格外を目にしてなお、彼を己《おの》がものにしようと考えられる聖女はすごいのかもしれなかった。……単に、考えなしなだけだという疑惑は消えないが。

このまま放置していれば、早晩聖女は自滅するだろう。あまり強いと思えない聖女だが、聖女は聖女。勇者一行から回復役の聖女が抜けるのは、大きな戦力ダウンになるはずだ。

聖女の愚行を見守りながら、戦力ダウンを期待していたローザだったが、その期待が木っ端微塵《みじん》に砕けたのは、勇者の妹シロナのせいだった。

――――なんで聖女が、前衛として覚醒しちゃっているの？　まったく意味がわからない。しかも、聖女以外もパワーアップしているし！

「シロナ、シロナ！　九竜を捕ってきたよ！　褒めて、褒めて！」

とんでもなく大きな竜の頭を引き摺って帰ってきたクリスが、無邪気にその金色の頭をシロナにさしだしていた。

見慣れたくないけれど見慣れてしまった、勇者が妹にご褒美を強請る図だ。

「もうっ！　兄さんったら、九竜は基本放置だって言ってあったでしょう！」

「だって、シロナが他の奴らばかり褒めるから」

「兄さんだって、褒めたでしょう？」

「他の奴と同じなんていやだ！　僕は特別じゃなくちゃ！　シロナは僕の妹なんだから」

妹だからなんだと言うのだろう？　グリグリとシロナに頭を擦りつけるクリスは、駄々っ子そのものだ。

大きくため息をついたシロナは、グシャグシャとそのクリスの髪をかき乱した。

「もう兄さんったら、今回だけよ。今度九竜を捕ってきても褒めてあげないからね」

「うん。わかった。別のヤツにする」

「解体が面倒なヤツはダメよ。……そうだ！　鳳魔凰《ホウマオウ》がいいわ！　そこまで大きくないし、なにより美味しいもの！」

鳳魔凰とは全長一メートル、翼を開いた長さは二～三メートル程度の極彩色の鳥だ。たしかに竜族に比べれば小さいが、その殺傷能力は勝るとも劣らない。超強力な炎魔法を使い出会ったときは死を覚悟しろと言われるほどの魔鳥だったはず。討伐ランクはＳＳである。

――その鳳魔凰が美味しいなんて、どうして知っているの？　普通は、極彩色の羽根目的で捕獲されるものじゃなかった？

「ああ！　たしかにシロナの作る鳳魔凰の唐揚げは、絶品だよね」

「六人分だから、三羽もいれば十分だわ。前みたいに捕りすぎちゃダメよ」

「僕がいっぱい食べるから五羽捕ってもいい？　焼き鳥にもしたいし」

「仕方ないわね。五羽だけよ」

「うん、約束する！」

鳳魔凰の羽根は、部位にもよるが一枚で平均金貨三枚。一羽捕獲すれば一生遊んで暮らせると言われるほどの価値がある。その鳳魔凰を肉目的で五羽も狩ろうとする兄妹に、ローザは目眩《めまい》を禁じ得なかった。

しかも、この兄妹の言動からは、肉を得た後の羽根を穴に埋めて廃棄する未来しか見えてこない。

ローザは天を仰ぎ、心の中で祖母に手を合わせた。

――おばあちゃん、魔族の全滅を防ぐのは、ちょっと無理かもしれません。

なんとかできるとすれば、勇者一行の中心人物となりつつあるシロナからかもしれないが……あれだけ勇者が執着している彼女に手をだすリスクは大きすぎる。

八方塞がりなローザだった。

◇◇◇

その町は、不自然なほど静かだった。

魔国に隣接する国の、それでもそこそこ大きな町。主要街道からは外れているけれど、近くに良質な鉱石が採れる鉱山があるので、鍛冶が盛んで武具や農具の買いつけ目的の客が多いと聞いていた。

なのに、見える範囲には人っ子ひとりいないのはなぜだろう？　一応お店はあるけれど、どこの戸も固く閉ざされていてなんなら外から板を打ちつけられているんだけど？

乾いた風が路上をヒューと吹き抜け、打ちつけられた板がガタガタと鳴った。

「見事に誰もいませんわね」

「この状況で補給なんて受けられるのかな？」

バルバラの感想に続き、疑問の声を上げたのはアレンだ。

「ここから、サンデの要塞まではまだ四、五日はかかるってのにな」

ノーマンも不満を口にした。

サンデの要塞というのは、魔国との国境に建つ人間側の防御施設のこと。そこが私たち勇者一行の最終補給地点なのだ。この町では、要塞に着くまでに必要な水や食料、消耗品などの補充と武器の整備をしてもらう予定だったのに。

「参ったなぁ。最悪食料は自給できるとしても、俺の戦斧は研ぎ直してもらいたかったんだよな」

ぼやきながらノーマンが、背負った戦斧を地面に下ろした。先日、玄亀《ゲンキ》との戦いで彼の斧《おの》は傷ついてしまったのだ。

玄亀とは、巨大な亀の魔獣で討伐ランクはA。動きが遅く危険度は小さいのだが、ともかく硬くて刃が立たない。頭と手足を甲羅に引っこめられたら、お手上げだ。

その玄亀が街道を塞ぐ形で、ドン！　と居座っていたものだから、仕方なく戦闘になったのだ。

結果、硬い甲羅もなんのその哀れ玄亀は細切れになったんだけど、その過程でノーマンの自慢の戦斧も傷ついてしまった。

「考えなしに武器を振り回すせいですわ。力任せなんて、まったく未熟ですこと」

口に手を当て、バルバラが嘲笑《あざわら》う。

「はん、聖女さまの聖杖も刺がかなり欠けているように見えますけどね？」

もちろんノーマンだって黙っていなかった。

「なっ！　こ、この程度の欠け、私が殴るのに支障はありませんわ！」

「そもそも聖杖で殴るってのが、おかしいだろうよ」

「ふふっ、攻撃力が私より劣るのが悔しいのですね？」

「劣ってねぇっつうの！　俺の戦斧の攻撃力の方がそんな杖より何倍も強いわ！」

結局二人は言い争いをはじめてしまう。大人げないとは思うものの、バルバラに煽《あお》られるとついつい言い返してしまうノーマンの気持ちもわかるわ。

そろそろ止めなきゃと思っていれば、どこからか声が聞こえてきた。

「あ、あの！　……勇者さまのご一行ですか？」

「え？　あ、はい」

声はすれども姿は見えず。キョロキョロと視線を巡らせれば、近くの家の窓が三センチくらい開いているのが目にとまる。

「本当に？　本物の？」

どうやらそこから誰かが話しかけているみたい。

「間違いなく勇者一行ですよ。……あ、ほら、この人。ヴァルアック王国の王子さまなんですけど、見たことありませんか？」

疑われているようなので、私たちの中で一番顔が売れていそうなアレンを前面に押しだした。この国はうちの国の属国だから、きっと王子の顔くらい知っていると思うんだけど。

「……たしかに！」

少しの間の後で納得したような声がした。同時に、その家のドアがそっと開く。

「お待ちしていました！　どうか私たちをお助けください！」

中から現れた白いひげの老人が、深々と頭を下げてきた。

「助けが必要なの？」

「はい！　実は、この町は魔族に占領されているんです！」

それはとんでもない事態だ。

「ともかく、いったん我が家にお入りください。もうすぐ魔族が見回りにきます。見つかったらたいへんです」

招かれて家の中に入る。そこで私たちは、この町を襲った悲劇を聞いたのだった。


この町に魔族が現れたのは一週間ほど前のことらしい。目的は、近くの鉱山から産出される鉱石の強奪。なんでも一部の高位魔族に絶大な人気のある鉱石で、たまたまそれを知った魔族の軍隊がここまで手を伸ばしてきたという。

それなら鉱山だけを占領してくれればよかったのに、魔族には肝心の採掘技術がないため、町ごと占拠して人間に採掘させているのが現状だった。町人の中でも屈強な男たちは、あっという間に魔族に捕らえられ連行されてしまったのだと。

「お願いです！　魔族を倒してこの町を解放してください！」

白いひげが床につくほど、おじいさんは頭を下げてくる。

「わかった」

兄はあっさり引き受けた。なんの気負いもなく当たり前のように頷く姿は、ちょっとかっこいいなと思う。……まあ本心は、面倒くさそうな話だからサクッと終わらせようってだけだと思うけど。

他のみんなも異論はなく、私たちはすぐに作戦を立てた。

「じゃあ、魔族の拠点に侵攻をかけると同時に、囚《とら》われた町人を救出する作戦にしましょう！　町の人に話して案内役をだしてもらうことにして……私たちも二手に分かれなくっちゃだけど、攻撃役と救出役、どっちをやりたいですか？」

私の問いかけにみんなは一斉に答えようとした。

しかし、それより早く兄が声を張る。

「攻撃役は僕だけで十分だ。他の奴らはかえって邪魔になる」

――――言われてみればそうかも？

「……そうね。本当は、兄さんにもこの機会に他人との連係プレーを覚えてほしかったんだけど……今回は二面作戦だから仕方ないか。……じゃあ兄さん以外は救出役ということで。私は案内役の人と一緒に行動しますから、他のみんなは隠れてついてきて私たちに攻撃を仕掛けてくる魔族を倒してください。町の人が囚われている場所に着いたら合流して一気に助けだしましょう」

私の言葉を聞いたアレンが、慌てだす。

「そんな！　危険だよ。私が案内役と同行する」

「アレンさんだと、町の人が萎縮するのでダメだと思います」

気持ちは嬉しいのだけれど、アレンが王子だということを町の人々は知っているのだ。ただでさえ緊張する作戦なのに、王子が同行するとか無理だろう。

「しかし――――」

「大丈夫ですよ。私、魔胡蜂《マコホウ》の巣から蜂蜜を採取できるくらいには、存在を隠蔽できますから」

魔胡蜂は、人の拳ほどの大きさの魔蜂《マバチ》の一種で、大猪くらいならひと刺しで倒せるくらいの毒針を持つ討伐ランクAの魔蟲だ。一匹でもAなのに、それが群れになればランクが爆上がりするのは必然で、巣の駆除ともなればSランク相当の魔獣退治と同じくらいの腕が必要だと言われている。

その魔胡蜂に気がつかれずに巣から蜂蜜を採取できるんだから、私の心配はしないでほしい。

「魔胡蜂の蜜は美味しいからね。シロナの作ってくれたパンケーキにかけると最高だよね」

「兄さんは、私の作る料理ならなんでも最高だって言うじゃない」

「本当に最高なんだから、仕方ないよ」

相変わらずシスコン兄は健在だ。

「……魔胡蜂の蜂蜜の味を知っている奴なんて、王侯貴族にだっていないんじゃないか？　冒険者が討伐するときは、基本高火力魔法で巣ごと焼き払うと聞いているぞ」

ノーマンが呆れたように言ってくる。そんなはずはないと思うんだけどな。

「シ、シロナさん、私もそのパンケーキを食べてみたいですわ！」

バルバラのこの食いつきようを見ると本当なのかもしれない？

「じゃあ今度一緒に作りましょう。どうせならうんと美味しくしたいから、雄鶏頭蛇の卵と魔雌牛《マメウシ》のミルクやバターもほしいわね。兄さんお願いできる？」

「魔雌牛は討伐ランクSSの高級素材だぞ！　その乳製品なんていくら金を積んでも手に入らないものなのに！」

ノーマンが叫んだ。魔雌牛は村でも飼っていたからそんなに高級品だとは思わなかったわ。

「もちろん。じゃあ、ちゃちゃっと捕ってくるね」

兄はすぐさま出かけようとした。

「あ、ダメダメ！　もう兄さんったら、この町を困らせている魔族をやっつけてからに決まっているでしょう！」

慌てて引き止め叱りつける。

「それじゃあ、さっさと魔族を倒しに行こうか。パンケーキはその後だ」

「そうね、そうしましょう」

こうして私たちの魔族退治がはじまった。


結果から言えば、町を救う作戦は大成功だった。囚われた町人たちも無事助けだし、この作戦での犠牲者はゼロだ。

「さすがシロナだね」

「兄さんもいい攻撃だったわよ。アレンさんも、バルバラさんも、ノーマンさんも、ローザさんも、みなさんタイミングよく援護してくれて助かりました」

私の言葉に全員が嬉しそうに笑う。

あ、もちろんパンケーキも食べたわよ。今回の材料は兄がみんな集めてくれたので、私は混ぜて焼いただけ。それでも兄は「美味しい、美味しい」って大感激だったけど。

まあ、それはよかったんだけどね――。

「はい、シロナ、あ～ん」

また兄の私に食べさせたい病が出ちゃったのよ。

「もうっ、兄さんったら！　それはやめてって、いつも言っているでしょう！」

「うん、でも僕がしたいから……ね」

ね、じゃないのよ！　ね、じゃ！

以前も思ったようなことを心で呟きながら、私は必死に兄を止める。なんといってもこの場には、勇者一行の他に大勢の町人がいたからだ。

「今回僕は頑張ったんだよ。……ご褒美くれないの？」

妹に食べさせるのがご褒美だなんて言うのは、世界広しといえど兄くらいだ。相変わらず、首を斜め四十五度に傾けて「ね」とおねだりする兄は、壮絶に色っぽい。

「……うぅっ、兄さん、ズルい」

「ズルくなんてないよ。いつでも僕はシロナには、愚直な正直者だからね」

そこがズルいと言うのだ。私にだけ特別に素直で甘えまくる兄なんて、可愛いと思うしかないだろう。

「もうっ、もうっ、兄さんたら……今回だけだからね！」

結局私は、いつもどおり素直に口を開けたのだった。

第五章　勇者の暴走

その後順調に旅は続き、魔国を目前にした私たちは、サンデの要塞で最後の補給を受けていた。

ここは、人間側の最終防衛ライン。高い防壁に囲まれた星型要塞の中に、魔王軍の正規軍を撃退し続けてきた各国の精鋭が詰めている。

その精鋭の中に、我が国の王兄殿下がいた。

「伯父上！」

「アレン！　よく来たな。勇者一行が各地で多くの魔獣を征伐した噂は、ここまで届いていたぞ！」

出発式で見た隻眼の美丈夫が、駆け寄ったアレンの肩に手を置き労る。

――そう。無差別に魔獣を狩り尽していたように見えていたかもしれないが、私たち勇者一行の旅は、それなりに人々の役に立っていたのだ。

街道に出没する魔獣を退治して旅人の安全を確保し町の孤立を防いだり、家畜や農作物に被害を与えていた魔鳥を巣ごと駆除したり。一軍を率いて街を占領しようとしていた魔族の先遣隊を殲滅したのは、記憶に新しい。

まあ、そのほとんどが行き当たりばったりで、終わるたびに誰が一番功績を挙げて私に褒めてもらえるかを、兄とバルバラ、ときにはアレンやノーマンまで加わって争っていたのはともかくとして。

「伯父上が、母上のお側を離れてここにいらっしゃるとは思いませんでした」

「可愛い甥《おい》っ子が、魔王討伐のため勇者一行と旅立ったのだ。私ばかりが動かぬわけにはいくまい」

「……父上と、どちらが行くか賭けて戦って、負けたんですね？」

「…………そうだ」

苦々しげな表情もイケオジならさまになる。たとえその理由が、ちょっと情けないものであったとしてもだ。

アレンは苦笑しながらも、伯父の顔を真正面から見つめた。

「私も、この旅で伯父上や父上の気持ちが、少しだけですがわかるようになりました」

「アレン？」

「自分が近くに在《あ》りたいと思える人ができたのです」

アレンはそう言いながら、私の方を振り向く。

――――ちょっと、言い方に気をつけて！　それじゃアレンが私に気があるみたいじゃない。実際は、自分が強くなるために私の側で鍛えたいってことでしょう。誤解されちゃうわよ。

案の定、王兄殿下はひどく驚いた。隻眼が大きくみはられて、アレンの視線を追いかけてくる。

王兄殿下の目と私の目が合って…………パチリ！　と音が聞こえたような気がしたのは、きっと幻聴だろう。

でも、そんな風に思えるほど王兄殿下の目は、私に強烈な印象を与えた。正直ちょっと見とれてしまうくらい。

たったひとつの緑の目。私と同じその色が、驚いたように私を見て……徐々に光を強くする。

「君――」

王兄殿下は、なにかを言おうとした。

しかしその瞬間、兄が私の前に出て視界を遮ってくる。広い背中が王兄殿下を隠した。

――ううん。王兄殿下から私を隠しているのかな？　ホント、困ったシスコンなんだから。

「お久しぶりです。王兄殿下」

いつもの兄とは思えない隙のない青年が、礼儀正しく頭を下げた。

「あ、ああ。勇者殿。此度《こたび》の活躍、頼もしく思う。王都にて女王陛下も殊《こと》の外《ほか》お喜びだったよ」

「ありがとうございます」

――いや、ホント、誰？　この好青年。

爽やかに王兄殿下と会話する兄に、私のみならずバルバラやノーマン、ローザも驚く中、アレンだけが苦笑している。

「クリス、そんなに警戒しなくても、伯父上はシロナさんになにもしないよ」

「余計なことは言うな」

あ、爽やか青年が消え去った。

どうやら兄は、王兄殿下の興味が私に向かないように邪魔したいらしい。兄の独占欲は強くって、村でも私に近づく男性を追い払うことがあったほど。

「伯父上は、君と同じシスコンなんだよ。私の母にしか興味がないのさ」

「知っている」

ぶっきらぼうに兄はアレンに言い返した。知っているなら警戒なんてしなければいいのに。

「伯父上、勇者クリスは、伯父上に負けず劣らずのシスコンなんですよ。おかげで私は、彼の妹のシロナさんに近づくこともままなりません。それがものすごく残念なんです」

アレンは、明るく話しながら私の方をジッと見てきた。その視線が本当に残念そうに見えて、私はちょっといたたまれない。

「アレン！　シロナを見るな！」

兄はスッと体を動かして、今度はアレンを私の視界から遮った。

「ちょっと、兄さん」

「ほら、こんな感じで伯父上そっくりでしょう？」

苦笑交じりのアレンの声が聞こえる。

「おい！　私はここまでひどくないぞ。……それに、これはどちらかと言えば、私よりウィリーの方に似ているような？」

ウィリーって誰だろう？

兄が動いたおかげで、王兄殿下が少し見えるようになった私は、彼の方に視線を向ける。

ちょうど王兄殿下もこちらを向いて、また視線が合った。

私は、ぺこりと頭を下げる。――――兄が不敬な態度で申し訳ありません。

「あ――――」

「シロナ、行くぞ」

またなにかを言いかけた王兄殿下の言葉をぴしゃりと遮って、兄はクルリと振り向いた。素早く私の手を取ると、そのままズンズン歩きだす。

「もう、兄さんったら、あの方は王兄殿下なのよ！」

引っ張ったって止まりゃしないだろうから、口でだけ注意する。

「知っている。……アレンの伯父だろう」

「アレンさんは旅の仲間だから気安いけれど、相手は王族なのよ！　不敬罪で捕まったらどうするの？」

「僕は勇者だから捕まらないさ」

「そりゃ、そうだけど！」

――――私は捕まるかもしれないでしょう！　……まあ、そんなことになったら兄が暴れるだろうから、たぶん大丈夫だとは思うけど。

「ともかく、無駄なトラブルは避けてよね」

「あいつがシロナに近づかなければ、手はださない」

「あいつって、王兄殿下？」

コクリと頷く兄。

「わかったわ。私も近づかないように注意するわね。……でも、そんな心配しなくても、勇者のおまけの私と王兄殿下が近づくことなんてないと思うけど」

「気を抜いちゃダメだ！　あと、シロナはおまけなんかじゃ絶対ない！」

「もう、兄さんったら、わかったわ」

「絶対だよ！」

「はいはい」

その後も、しつこく絶対を繰り返す兄に、指切りげんまんまでしてその場は収まった。

ちなみに、私と兄の指切りげんまんは「嘘ついたらキス千回させる」と続く。キスといってもほっぺにチュで、もちろん私から兄にするキスだ。兄が約束する場合は、「口をきいてあげないから」と私が言えば、兄は必ず約束を守るので、指切りげんまんまでする必要はない。

――――自分が女王の娘かもしれないと思っている私が、王兄殿下に近づくことなんて頼まれたってありえない。

このときの私は、本気でそう思っていた。


――――なので、今のこの状況は、不可抗力だ。

「シロナさん、ちょっといいかな」

よくありません！　……そう断れたら、いいのに。

頭上には満天の星。ここは要塞の内側に立つ監視塔の屋上だ。

なぜか私は王兄殿下と向かい合っていた。退路は、たった今ここに上ってきたばかりの王兄殿下の背後にある階段だけ。つまり、私は袋の鼠なのである。

この時間帯は、これから魔国へ旅立つ勇者一行を壮行する食事会の真っ最中のはずなのに。

――どうしてこの人はここにいるの？

要塞に着いて王兄殿下と顔を会わせて以降、兄は私が彼と接することを極端にいやがった。そのため今夜の食事会を、私は体調不良を理由に断ったのだ。

とはいえ、ずっと部屋に閉じこもりっきりなのもつまらないので、ひとりでこっそり星を見に来たところ、避けていた当人に声をかけられてしまった。王兄殿下は、食事会の主催者じゃなかったの？

慌てて頭を下げた私を、王兄殿下は「ああ、そんなことをする必要はないよ」と、優しい声で止めた。

――いや、そうは言われてもね。後で、不敬だと怒ったりしないかな？　……うん。たぶんこの人は怒らないだろうなとは思うけど。

「君に会いたかったんだ。……あのアレンが近くに在りたいと言った女の子は、君がはじめてだからね」

――アレンめ。余計なことを言いおって。おかげでいらぬ興味を引いてしまったじゃない。

どう返事をしたらいいかわからずに黙っていたら、王兄殿下は少し眉を下げた。

「ああ、嘘をついたらいけないな。……いや、嘘というわけでもないんだが……アレンのことがなくても、私は君に会いたいと思っただろうな」

「え？」

「昼間、君を見て驚いたんだよ。……君は、私が知っている少女にとてもよく似ていたから」

――それって。

「その少女は、今から数十年も昔に、私と一緒に剣を振り、馬を駆り、野山を駆けまわった、とんでもないお転婆な子なんだよ。……まあ、今の彼女は、優秀な専属美容師やスタイリストのおかげで、綺麗に化けて昔の面影を隠しているんだけどね」

――間違いなく、女王陛下のことですよね？

王兄殿下は、いたずらっ子のような顔で笑う。隻眼の美形の笑顔は迫力満点だ。

それにしても、私ってあの神々しい女王陛下に似ていたのね。……まあ、娘なんだとしたら当然なのかもしれないけれど？

あと、女王陛下って、そんなとんでもない野生児だったんだ。私は、そこまで似なくてもよかったんだけどな。

いろいろ考えこんでしまった私に、王兄殿下が話しかけてくる。

「私は、君を見て、すぐに彼女を思いだしたんだ。本当に、瞳の輝きさえもそっくりなのだからね。……それに、やたらと強い者を惹きつけてしまうところも同じだ」

「え？」

私は、さっきから「え？」しか言えてない。

「一目見てわかったけれど……アレンは、かなり強くなっていたよね？　立ち方や歩き方、周囲への気の配り方も、旅立つ前とは別人のような成長ぶりだった。ノーマンも然《しか》り。驚いたのはバルバラかな。高慢で非常識なほどに我儘で、生まれ持った才能を腐らせるだけでしかないと思われたあの子が、あれほど劇的な成長を遂げるとは。……正直この目で見ても信じられないほどだったよ。

――君に似ている少女はね、力を持つ者を無条件で惹きつけ、しかもその者の力を大きく育てる力を持っているんだ。……君は、そんなところまであの子にそっくりだよ」

――買いかぶりだと思います。……っていうか、女王陛下ってそんな力を持っているの？　初耳なんだけど。

「なにより、勇者クリスを見ればよくわかる。彼の強さは規格外だ。人類史上最強の力を持つ勇者が、誰より愛しひとときも離したがらない少女……それが君だ」

王兄殿下のひとつの目が、ジッと私に注がれる。

「それで……こんなことを聞くのは、失礼かもしれないけれど……君は、本当に勇者クリスの妹なのかな？」

直球の質問が来た！　……ああ、いや。そのものズバリを聞いていないから、スライダーくらいなのかな？

私は、答えに迷ってしまう。どうせ、ここで嘘をついても、私が兄さんの本当の妹でないことなど、ちょっと調べればわかることだもの。だから迷う必要なんてないんだけど。

それでも躊躇っていると、それを警戒されているとでも思ったのか、王兄殿下は焦ったように言い訳しだした。

「急におかしなことを聞いてすまないね。そんなに怖がらないでくれないか。……実は、今話した君に似ている人には、行方不明の娘がいるんだよ。だから――」

王兄殿下が、そこまで言ったときだった。ブワッと一陣の風が、私と王兄殿下の間を吹きぬける！

目を閉じ顔をうつむけた次の瞬間、私はギュッと抱き締められていた。

「シロナは、僕の妹だ！」

そう言い放ったのは他ならぬ兄で、私の体に回った手には痛いほどの力がこめられている。

「勇者殿！――いったいどこから？」

王兄殿下が驚くのも無理はない。兄は、突然降って湧いたとしか思えぬ現れ方をしたからだ。

「ちょっと！　兄さんったら……階段がある場所なら使わなきゃダメって言ってあるでしょう」

まるで奪われまいとでもいうように、ギュウギュウと私を抱き締める兄の手を叩きながら、私は注意する。

「だって、それじゃ間に合わない！」

「なにに間に合わないって言うの！　もうっ、誰と競争しているのよ？　――私は兄さんの妹だって、いつも言っているでしょう！」

まったく、この兄は私のことになると臆病になるんだから。

いったい、いつからどこで私と王兄殿下の話を聞いていたのだろう？

「盗み聞きしていたの？」

「違う。……宴会を早く抜けてシロナの気配を探していたら、そいつが一緒にいるのがわかって聞き耳を立てただけだ。そうしたら、急に変なことを言いだすから、ウィンド・ランで駆けつけた」

それを盗み聞きしていたと言うのだ。ウィンド・ランは、空を駆ける魔法。どうやら兄は、階段を駆け上がる時間すら惜しかったらしい。

「シロナは、僕の妹なのに」

「はいはい。そのとおりよ」

「僕の……僕だけの妹だ」

「そうだって言っているでしょう」

兄が私を抱き締める力は緩まない。私は、なんとか首を伸ばし、王兄殿下の方を見た。

彼は、片目を見開いたままだ。

「……こういうわけですので」

そう言いながら、私は手で兄を指さす。

「――――あ、ああ」

王兄殿下は、わかったような、わからないような返事をした。

私は、ニッコリ笑いかける。

「私は、勇者クリスの妹です。他の何者でもありません」

呆然としている王兄殿下に、私はきっぱり告げた。

「さあ、兄さん、部屋に戻りましょう」

ポンポンと兄を叩いて促す。

「……うん」

「待ってくれ！」

兄が頷くのと王兄殿下が止めるのが、同時。

当然兄が制止の言葉を聞くはずもなく、私は兄にお姫さま抱っこをされて、塔から夜空に飛びだした。

「ウィンド・ラン！」

トン、トン、トンと、兄は宙を駆けていく。

慣れている私に恐怖感はない。あっという間に地上に降りて、そこから塔を見上げた。

頂上から王兄殿下が下を覗いているのが、小さく見える。

しかし、それも一瞬。兄は私を抱いたまま駆けだした。塔そのものが後ろに遠ざかっていく。

「……シロナは僕の妹だ」

耳に兄の声が響いた。

「うん。わかっているから……って、兄さん！　どこへ行くつもり？」

兄の進行方向には、要塞の出口が見える。そこから出て行こうとしているのは間違いない。

図星をつかれた兄は、ますますスピードを上げた。

「きゃっ！　ちょっ、ちょっと、兄さん！　止まって。部屋に戻りましょう。明日はみんなと魔国に出発なのよ。早く寝なくっちゃ！」

兄の足は止まらない。

「兄さん！」

「黙ってシロナ。舌を噛むよ」

要塞の出口には門番が立っている。なおかつ今は夜なので扉はしっかり閉まっていた。

しかし、そんなものが兄を阻めるはずもない。

「クリス！　……シロナさん！」

突如聞こえてきた声の方を見れば、そこにはたぶん兄を追いかけてきたのだろうアレンがいた。

兄の足がますます速くなる。

私は、もう諦めた。とりあえずは、兄の気の済むようにするしかない。

「出発時間までには帰ります！」

アレンに向かって大声で叫ぶ。

次の瞬間、私は兄に抱きかかえられたまま、軽々と門を飛び越えていた。眼下に、目をまん丸にして私たちを見上げる門番の顔が見える。

「もうっ、兄さん。要塞の門は潜《くぐ》る場所であって飛び越える場所じゃないのよ」

私は仕方なく、そんなことを注意した。

兄がようやく止まったのは、それから一時間ほど走った森の中だった。方向もなにも気にする様子もなく無茶苦茶に走っていたみたいだから、要塞からどれほど離れたのかはわからない。

大きな木の下にストンと座りこんだ兄は、それでも私を離さなかった。

「兄さん――――」

「……シロナは、僕の妹だ」

いったい何度「そうよ」と言えば、この兄は安心するのだろう？

いや、きっと、百万回繰り返しても安心できないに違いない。だって、私は本当の妹じゃないから。だったら――――。

「ええ、そうよ。……そしてね、たとえ妹でなかったとしても、私は兄さんとずっと一緒にいるわ」

「――――え？」

「私は、兄さんが兄さんじゃなくても大好きだもの。側にいたいと思っている。……兄さんはそうじゃないの？」

兄は、驚いたように何度も瞬きした。

「…………僕が、兄さんじゃなくても、大好き？」

「ええ、そうよ。兄さんは？　私が妹じゃなかったら、兄さんは私を嫌いになって離れていくの？」

兄は、ブンブンと勢いよく首を横に振った。

「そんなはずない！　シロナが妹でなくとも、僕はシロナが大好きだ！」

「よかった。じゃあ、ずっと一緒ね」

「……ずっと一緒…………兄妹じゃなくとも？」

「ええ。兄さん」

兄は、しばらく動かなかった。――――やがて、パッと花開くように笑う。

泣きたくなるほど、美しい笑顔だった。

――――ああ、兄は私と一緒にいられることが、こんなに嬉しいのか。

そう思ったら、胸がきゅんっと締めつけられた。そのままドキドキドキと高鳴って、頬がカッ！と熱くなる。

なんだか兄の顔を見ていられなくなって……そっと視線を逸らした。

――――こんなこと、今まで一度もなかったのに。

「シロナ、シロナ！　……シロナ！」

狼狽《うろた》える私にはおかまいなしに、兄はますます強く抱き締めてくる。

ぐぇっと息が詰まって……おかげでドキドキが少し鎮まって、ホッとした。

「さあ、だから帰りましょう、兄さん。……誰になにを言われたって気にしなくていいのよ」

そう言って手を差し伸べれば、兄は嬉しそうに頷いてくれる。

キュッと手を握られて、またちょっとドキッとした。

――――私の心臓、どうかしたのかな？　でもまあ、これでめでたしめでたしよね――――と思ったのに。

「あ、でも帰るのは、明日の出発時間まででいいんだよね？」

兄は、そんなことを言いだした。

「え？」

「さっきアレンにそう言っていたじゃないか」

それは、そうだけど。

「出発時間までってことは、それより前ならいつでもいいってことよ。むしろ早ければ早いほど、みんな安心すると思うわ」

正論を言っているはずなのに、兄は不機嫌そうに口を尖らせる。

「別に安心してもらわなくてもかまわない」

「兄さんったら」

「それより、せっかく久しぶりの二人っきりなんだ。もっとこの時間を楽しもうよ。……そうだ。魔火垂《マカスイ》を見にいこう！　魔胡蜂を探しにいったときに、生息していそうな渓流を見つけたんだ！」

魔火垂とは、日本で言うところのホタルである。もちろん魔蟲の一種であるからには普通のホタルなんかではあるはずもなく、お尻の発光器官は発火器官。群れ集えば、かなりの勢いの火属性攻撃魔法を放ってくる討伐ランクＢの魔蟲だ。

「……それは……たしかに、見たいけど」

魔火垂の乱舞は幻想的。暗闇の中で、ときに優雅にときに激しく、無数の青い炎が群れ集い舞い踊るさまは、怖ろしくも美しい。――――ちなみに、青い炎は高温のしるし。魔火垂の炎もたしか千五百度ほどなので、怖ろしいという表現は的確だ。

「だろう！　行こうよシロナ。きっとものすごく綺麗だよ。……その後は、夜空を駆け上がり一番高いところで星空を見ながら眠りにつこう。大丈夫、シロナの大好きな夜明けの青い空が見える頃には起こしてあげるから」

高い空の上でも、兄の魔法があれば安心して星を見たり眠ったりできる。それに、日本ではブルーモーメントと呼ばれている明け方の空が青く染まる瞬間が、私は大好きだった。

当然兄は、それを知っている。

魔火垂の乱舞に、夜空の特等席での天体観測、ブルーモーメントまでつけられてしまったら、私に兄の提案を拒否できるはずもない。

「兄さんったら、ズルい」

そう言いながら、私は目の前に差しだされた兄の手をとった。

「僕が考えているのは、いつだってシロナがどうすれば喜んでくれるかだけだよ。そうして笑うシロナと、ずっとずっと一緒にいたいんだ。……兄妹じゃなくても。……ダメかな？」

ダメだなんて、言えるはずがない！

「私もずっと笑顔の兄さんと一緒にいたいわ！」

二人見つめ合い、笑い合う。

「兄さん、大好き」

「僕の方がシロナを、もっともっとずっと大好きだよ」

この夜見た魔火垂と満天の星々、ブルーモーメントは、今までで一番美しかった。――隣で笑う兄の顔の方が私の胸をときめかせたのは、誰にも言えない秘密である。

そして翌日。出発時間ギリギリに戻った私たちを迎えたのは、憔悴《しょうすい》しきった仲間たちの顔だった。

「シロナさん！　よくご無事で――――」

「嬢ちゃん……よかった。よかった」

私に飛びついてこようとして兄に足蹴にされるバルバラと、涙ぐみながら「よかった」を繰り返すノーマン。ローザは黙ってうつむいているけれど……まあ、いつもこんな感じよね。

「伯父上が、すまない！　昨晩君たちになにを言ったのかは教えてくれないのだが……きっと私がシロナさんに懸想しているとでも勘違いして、余計な世話を焼こうとしたのだろう？　それをクリスが怒ったに違いない。……本当に申し訳ない！　伯父上には接近禁止令をだしたから、どうか許してほしい！」

勢いよく頭を下げて謝ってくるアレン。

彼の予想は事実とは少々違うのだが……否定する必要はないだろう。

見れば、王兄殿下は離れたところから苦笑しながら私たちを見ていた。甥の接近禁止令を律儀に守っているようで、近づいてくる様子は見えない。

――まあ、確たる証拠もなしに、私が女王の娘かもしれないなんて言えないわよね？　それに、たぶん昨日の兄の様子を見て、今はなにを言っても無駄だと判断したのかもしれないわ。私たちはこれから魔王を倒すために魔国へ侵入するのだ。ここで下手に勇者を刺激するのは、悪手だという判断もあるのかもしれない。

――私ごと勇者に逃げられたら元も子もないものね。たとえ私が血眼で探していた姪だったとしても、人間の中で唯一魔王を倒せる勇者を失う危険と比べれば手を引くのは当然で、王族ならばこそ、その決断が必要だ。

私が王兄殿下を見ているのに気づいた兄が、ギュッと私を抱き締めそちらを睨んだ。

あからさまな兄の威嚇に王兄殿下は肩を竦めたけれど、たったひとつの隻眼は私から離れない。

――なんだか、魔王討伐後に面倒事になりそうな予感がする。早めに逃げだす算段をつけておいた方がいいのかも？　しかし、とりあえずは魔王討伐よね。

私たち一行は、王兄殿下をはじめとした軍勢に見送られ、星型要塞を後にした。

◇王兄殿下の後悔◇

魔国に面する要塞の扉が重々しく閉まり、勇者一行の姿が見えなくなる。

私は、今すぐにでも駆けだして彼らを追いかけたい気持ちを、必死に抑えていた。

十五年間、捜して捜して、ずっと捜し続けていた失われた王女。最愛の妹が必死に守ろうとして、結果その手からこぼれ落ちてしまった、かけがえのない赤子かもしれない少女が、あの扉の向こうにいる。

なのに、その子が危険な旅路に出ることを見送るしかできないなんて！

十五年前、我が子を失った妹の嘆きは、見ていられぬほどだった。

「私が悪かったの……あの子を逃がすことばかりしか頭になくて、どことも知れぬ場所に飛ばしてしまった。あのときは少しでも遠くへとしか考えられなくって……あ……私が行かなきゃ！　あの子は私を呼んでいるに違いないもの！　……きっと、泣いて泣いて……でも、どんなに泣き叫んでも誰にも抱き締めてもらえなくて……それでも泣くしかないんだわ……ああ、私の赤ちゃん！」

自身も命の危機にさらされ、駆けつけた私と義弟にギリギリで救われた妹が、無理やりベッドから体を起こそうとする。そうでなくとも子を産んだばかりで弱っている体は、今にも消えそうなほど細いのに。

「大丈夫だ！　王女の捜索はウィリーが必死でやっている。きっとすぐに見つけてくれるよ！……お前は、あいつに余計な心配をかけないように休まなくては。医師も絶対安静だと言っていただろう？」

ウィリーは妹の夫の愛称だ。

「でも！」

「ヴィー、お願いだよ！」

「ヴィー」と愛称で呼んで、眼帯をした顔を近づけ説得すれば、妹は辛そうに顔を歪めベッドに倒れこんだ。

「……その目……お兄さま。ごめんなさい」

顔を両手で覆い、嗚咽《おえつ》を漏らす。

私は、自分の顔の半分を覆う眼帯に手を触れた。この下にはもうなにもない。私の片目は妹を助けるために賊と戦って潰れてしまったのだ。優しい妹は、そのことでも自分を責めている。

「謝る必要はないと言っただろう？　私の傷は、私自身の弱さのせいだ。でも、怪我をした私を哀れんでくれるなら、どうかお前も休んでおくれ。……ね？」

そこまで言ってようやく妹は諦めた。医師の眠剤を服用し泣きながら眠りにつく。

涙の痕が色濃く残るやつれた寝顔を見つめてから、私は妹の側を離れた。向かうのは義弟の元だ。姪の捜索を手伝わなくてはならない。

「殿下！　殿下もどうぞ休息を――」

「そんな暇はない！」

縋るように進言してくる臣下を一言で退けた。私が妹に告げた言葉は、紛れもない真実だ。この傷を負ったことも姪を失ったことも、すべては私の弱さゆえ。だから私は全力をもってなくした幸せの象徴を見つけださなければならない。

「――捜索状況は、どうなっている？」

「国中に王女さまの探索と、見つけ次第保護するよう布令をだしました。騎士団も国内をしらみつぶしに捜しております」

「周辺各国にも協力を依頼済みです！」

「既に王都内の探索は終わりました。今後同心円状に捜索範囲を広げる予定です」

「すべての貴族に、自分の領地とその周辺をくまなく捜すように通達しました！」

刻々と入ってくる情報にまだ成果はないものの、打てる手はすべて打ってあるのだと確信する。だから必ず王女は見つかるはずなのだ。……そう思うのに、いやな予感が心から離れない。急遽《きゅうきょ》用意された地図に、捜索済みの範囲が広がっていき……同じ速度で私の心も焦燥感に塗り潰された。

――――悪い予感は当たるものと、いったい誰が言ったのだろう？　その後、どれほど必死に捜しても、私たちは王女を見つけることができなかった。


それから月日が経ち――――女王が襲撃された事件以上に国が揺れ動いたのは、今から数カ月前のことだ。私は信じられぬ報告を受けて、義弟の元へ駆けつけた。

「――――勇者が現れただと！」

扉を開けると同時に叫ぶ。

「ああ、義兄上。私も先ほど神殿から知らせを受けたところです。陛下は今この件で、神官長と話し合いをしておられますよ」

あの日以降、少し頬の輪郭が鋭くなった義弟が冷静な声で返事をする。

「そんな落ち着いている場合か！」

「たしかに。勇者の顕現は魔王の出現と同義ですからね。国の――――いや、人間世界の一大事です。……しかし焦っても仕方ないでしょう。我々はやるべきことを淡々とやるだけですよ」

そうだけど、そうじゃない！

「勇者が選ばれるとすれば、それはお前であるべきだろう！　お前は、この国一番の騎士なのだぞ！」

憤る私に、義弟は苦笑をこぼした。

なんと、神託で選ばれた勇者は、義弟ではなかったのだ。地図にも載っていないような辺境の村に住む十八歳の青年なのだという。

――――そんな馬鹿なことがあるものか！

「私は、勇者となるには薹《とう》が立ちすぎているのでしょうね」

義弟は、両手のひらを上に向け肩を竦めた。

「歳なんて関係あるか！　勇者に必要なのは、若さじゃない！　魔王を倒せる強さだ！」

一気に叫びすぎて呼吸が苦しい。ハアハアと口を大きく開けて息をすれば、義弟はコップに水を入れて差しだしてくる。

「くそっ」

こいつは、どうしてこんなに動じていないんだ！　義弟に腹を立てながらも、水は受け取った。

そのままひとくち、口に含んだところで――――。

「では、選ばれた勇者が私より強いのでしょうね」

あっさり言われて、吹きだしそうになった。

「ぐっ……ゴホッ。ゴホッ……そんなはずがあるか！」

義弟の強さは、誰より私がよく知っている。こいつより強いなど、いったいどこの化け物だ。

そう思うのに、義弟は静かに首を横に振る。

「神託は、そう告げていますよ。……そして、義兄上、私はそのことに少し期待しているのです」

穏やかな口調とは反対に義弟の緑の目がギラリと光る。

ゾクリと肌が粟立《あわだ》つ感覚がした。

「……期待？」

それは、いったいなんの期待だ？

問いかけるように視線を向ければ、義弟は小さく笑う。

「義兄上は、以前よりおっしゃっていましたよね。『王家の血をひく女性の中には、時折女神の資質を持つ者が現れる』のだと。そして『女神の資質を持つ女王は、強き騎士を惹きつける』のだとも」

私は、パチパチとひとつ残った目を瞬く。

「あ、ああ」

たしかにそれは私の持論で、甥であるアレスにも話したことがある。

「義兄上の説によれば……私も陛下の持つその力に魅せられ惹き寄せられた騎士だった。――であれば、私以上に強い勇者は、いったい誰に惹き寄せられるのでしょうね？」

私は、ハッとした。

「……まさか！」

義弟は力強く頷く。

「勇者は十八歳だと聞きました。私たちの娘は無事に生きていれば十五歳になっているはずです。

私がヴィーを見出《みいだ》したように、もしもその勇者も自分のすべてを捧げて余り有る存在を見出すのならば……私はそれがヴィクトリア――私たちの娘であるはずだと思うのです」

――そんなことがあるのだろうか？　――本当に？　私たちがどんなに捜しても見つからなかったあの子が、勇者なら見つけられる？

急に私の心臓がドクドクと高鳴りはじめた。体に震えが走る。

義弟は、胸の前に持ち上げた手をギュッと握った。

「私がヴィーと出会ったのは、二十歳を過ぎた頃でした。――今、十八歳の勇者がいつどんなタイミングで娘に出会うのかはわかりませんが……辺境で暮らしていた青年が勇者として旅立つことこそが、彼が自分の運命に導かれている証拠なのではないでしょうか？　この旅の道中か、それとも終わった後かはわかりませんが、彼が私にとってのヴィーと同等の存在に出会うというのは、ありそうなお話ですよね？　……私は、彼のこれからにとても期待しているんです。――まあ、まずは魔王討伐を優先させなければならないのでしょうけれど」

不服そうに魔王討伐に言及する義弟に、思わず苦笑が漏れてしまう。

「その話は、私の『願望』でしかなかったのではないのか？」

「願望でもなんでもかまいませんよ。私は藁《わら》にも縋りたい気持ちなんです」

たしかに藁だなと、私は思った。しかしそれは、私たちに残されたたった一本の希望の藁だ。

「勇者に会うのが楽しみだな」

「ええ。本当に」

笑い合うこのときの私たちは、思いもよらなかった。

よもや、勇者がもう既に王女との邂逅《かいこう》を果たしているだとか、その王女が勇者の妹として魔王討伐の旅に同行しているだとかなんて！　――そんな可能性は、まったく考えていなかったのである。


今となってよくよく考えれば、最初に城で見たときに、勇者の妹が王女であると私も義弟もそして妹も、どうして見抜けなかったのかと思う。

たしかに、旅に同行する少女は『勇者の妹』だとしか報告を受けなかったし、当然その『妹』は血の繋がった本物の妹だと誰しも思いこんでいた。彼女の茶色の髪も緑の目も、なんなら年齢さえも王女と同じではあったが……そんな少女はそれこそ我が国には星の数ほどいる。

加えて彼女は出発式で勇者一行と一緒に並びもしなかった。後で聞けば、脇に控えた大勢の貴族たちの中にいたのだと言われたが……はっきり言って覚えていない！

あんなに捜していた姫との初対面のはずだったのに……あまりに不本意で泣いても泣ききれないではないか。そもそも悪かったのは、義弟の迂闊《うかつ》な思いこみだろう。自分がヴィーに会ったのが二十歳過ぎだったからといって、勇者もそうだとは限らなかったのに。

――後悔は多々あれど、もはや言っても仕方ない。

ここ星型要塞で、数カ月ぶりに会ったアレンやバルバラたちの成長と彼らの態度を見、なにより本人をしっかり目にしてから、ようやく勇者の妹が自分の姪である可能性に思い至った私だが、それも遅かった。

彼女に事実を確認する前に、勇者にかっ攫《さら》われてしまったのだ。この私に、接近を気づかせもせずに突如現れ、妹を絶対離すまいと強く抱き締め、私の話など一切聞く耳を持たずに逃げてしまった勇者は、異常としか言いようがない。アレンは彼を私と同じシスコンだと言っていたが……私はあれほどひどくないぞ。独占欲が強いにもほどがあるだろう！

幸いにして、勇者とシロナは翌日には戻ってきてくれたが……これ以上の手出しは、無理だと判断せざるを得なかった。魔王討伐もまだ成らない今、勇者がいなくなってしまっては目も当てられないからだ。国を治める王族の一員である限り、それだけはしてはならないことだというくらい私にもわかる。

だから、こうして見送るしかないのだが……このまま引き下がるつもりは、毛頭なかった。

勇者のあの執着は手強いが、私たちとて王女に対する思いで負けるつもりはない！

――なにはともあれ、まずは、魔王討伐だ。それは動かない……動かせない優先事項。

勇者との駆け引きはその後になるだろう。

――勇者一行の去った扉を睨みつけながら、私はずっとその場に佇《たたず》み続けていた。

◇◇◇

魔国に潜入した私たちは、息を潜め慎重に進んでいく予定だった。

しかし――――。

「退《ど》け！　道を開けろ」

「なんて醜いの！　私の視界から消えて！」

「せいっ！」

私の周囲には、アレン、バルバラ、ノーマンの勇ましい声が響き渡っている。同時に、襲いくる魔鬣犬の群れが、バッタバッタとなぎ倒された。兄は終始無言なのだが、魔鬣犬を屠った数は三人を合わせたより多い。

目の前には、さながら竜巻が通りすぎた後のような惨状が広がっていた。

「……なんだか、魔鬣犬に申し訳なくなってくるのは、私の覚悟が足りないせいでしょうか？」

私の隣で、唯一戦いに参加していないローザが小さな声で呟く。

その気持ちは、よくわかる！

「ちょっとやりすぎだと思いますよね？」

魔国に潜入した私たちは、できるだけ敵を避けながら魔王城へと進む予定だったのだ。なのに魔鬣犬の群れを見つけた兄さんが、問答無用で襲いかかったのを皮切りに、いつもどおりの戦いに突入してしまったのが、今のこの惨状に繋がっている。

「後で、兄さんはきちんと叱っておきますね」

「あ、いえ、このあたりの魔鬣犬がしょっちゅう人間の国へ侵入しては、あちこちを荒らし回っているのは事実ですから、ここで殲滅するのは正しいことだと思います」

そう言いながらもローザの顔色は優れなかった。

「でも……かわいそうですもの」

「……そうですよね」

私とローザは、頷き合う。目と目を合わせて、苦笑した。

――なんというか、意外だな。

「魔獣との戦いで、かわいそうとか思うのは、私だけだと思っていました」

私は、ローザにそう言った。

この世界の人間にとって、魔獣は圧倒的な脅威であり悪者だ。一見可愛らしい魔鼲鼠であっても、敵は敵。目にした途端、即座に抹殺対象とするのを躊躇う人はいない。

前世の日本人的感覚で「かわいそう」とか「魔獣にだって親も子もいるのに」とか「生態系のバランスが」なんていう感情を持つ人は、今まで会ったことがないのである。

そんな中、ローザの感覚は、非常に珍しいものだった。

「あ！　えっと、その、私は――」

私の言葉を聞いたローザは、焦りだす。

「あ、大丈夫ですよ。私、言いふらそうとか思っていませんから」

人とは違う考え方をしているということを、内緒にしている人はたくさんいる。魔獣をかわいそうだと思うのは、かなり特殊だと思うので、ローザも言いふらされたくないのだろう。

安心させるように笑いかければ、ローザは顔をうつむけた。そのまましばらくそうしていたけれど、やがてパッと顔を上げる。

「勇者――クリスさんは、魔国を滅ぼすつもりでいるのでしょうか？」

突然、そんなことを聞いてきた。

「え？」

「えっと！　あの！　……わ、私、魔王討伐は仕方ないと思うんです。人間に宣戦布告して攻め入ってきたのは、魔王率いる魔国ですもの。……でも！　魔国の中には、そういった上層部の考え方とは違うというか……まるで知らない魔物もいるんじゃないでしょうか？　だ、だから、そういう魔物たちもみんな滅ぼしてしまうのは、その、違うというか、なんというか――」

なんだか必死で話しかけてくる。

ローザがこんなに話すのを、はじめて見た。今までいつも一歩引いたような位置にいて、大人しかった彼女のイメージとは、まったく違う姿だ。

「……えっと、ローザさん？」

「――あ、私ったら。……ごめんなさい。今のは忘れてください！」

いや、そうは言われても、忘れるのは難しい。私は、ちょっと考えた。

「兄は、魔国を滅ぼすことなんて考えてもいないと思いますよ」

「……え？」

「魔王討伐だって、周囲に説得されて……ていうか、唆されて来たんです。兄は、魔王さえ倒せれば、そそくさと私と一緒に村へ帰ると思います」

兄が魔王を倒そうとしている理由は、私が勇者に憧れているると信じているせいだ。そして、村の絵本の中に描かれていた勇者は、魔王を退治しても魔国を滅ぼしたりしなかった。

それだけで兄が魔国を滅ぼす可能性はないと断言できる。

「そうなんですか？」

「はい。間違いありません」

私の言葉に、ローザはあからさまにホッとした。

「あ、でも、気が変わったりしないでしょうか？」

そんな心配は不要だ。

「大丈夫ですよ。……まあ、私が『滅ぼして』とかお願いしたら、嬉々《きき》として滅ぼしてしまいそうではありますけど」

私がそんなお願いをする可能性は、万分の一もないから実質ありえない。人船に乗ったつもりでいてほしいと思って笑いかけたのに、ローザはまだ不安そうだった。

「……そうなんですね」

小さく呟き考えこんでしまう。

絶対大丈夫だと安心させようとしたところに、兄たちが帰ってきた。

「シロナさん！　魔斑鬣犬を倒したので見てください！」

どうやら今回はアレンがリーダー犬を倒したらしい。意気揚々と魔斑鬣犬の首を見せてくる様子が……兄に似ているような。

「僕の攻撃を避《よ》けた魔斑鬣犬が逃げた先に、たまたま居ただけのくせに」

不満いっぱいなのは、兄。

「運も実力のうちです！」

そこで偉そうにするのは、どうだろう？

アレンは、私の前に魔斑鬣犬の首を持ってきて、なにかを待っているみたいな顔をした。

まさか、兄みたいになでてほしいなんて言わないわよね？

「シロナさん！　見てちょうだい！　私、双頭魔犬を倒しましたわよ！」

そこにバルバラが飛びこんできた。アレンと同じような犬の首を両手にひとつずつ持っている。

双頭魔犬とは、文字どおり頭がふたつの魔犬で討伐ランクはＡＡだ。

「え？　そんなモノがいたのかい？」

アレンは驚いたようにバルバラの方へ振り返った。

「なっ！　それは、僕がこっそり狩って後でシロナを驚かそうと思っていた獲物なのに！」

兄は、わかっていて隠していたみたい。

「ホーホホホ！　早い者勝ちですわ」

バルバラは勝ち誇ったように笑った。

悔しそうに唸る兄の脇からノーマンが駆けてくる。犬の頭は持っていないが、籠《かご》を小脇に抱えていた。私に近づくと、その籠をサッとさしだしてくる。

「嬢ちゃん、ほら魔食葉《マグワ》の実があったぞ。嬢ちゃんはこのジャムが好きだっただろう？」

なんとノーマンは、戦いの最中に私の好きな果実を見つけて採取してくれたらしい。

「うわっ！　こんなにたくさん、ありがとうございます！」

笑顔でお礼を言えば、ノーマンは嬉しそうに笑った。

「……くっ！　まさかそんな手に出てくるとは思わなかった」

「腐っても冒険者……侮っちゃいけないな」

兄とアレンは、なんだか悔しそうだ。

「フン！　年の功ですわね」

バルバラは、顔を顰め、鼻を鳴らした。

「おい、誰が年の功だ」

「本当のことでしょう」

ノーマンとバルバラが睨み合う。……まったく、困った人たちだ。その後もワイワイと言い争う四人を、私は懸命に宥めた。

そんな私たちから少し離れて、真剣な表情で考えこむローザに、このときの私は気がつくことができなかったのだった。


その後も魔王城への旅は順調だった。出会う端から魔族をぶっ飛ばして、ときには数時間も戦い続けることもあるけれど、それほど疲労している感じはしない。

「シロナさんのお料理を食べると、疲れもなにもかもなくなりますわ」

以前、野営料理を野蛮だのはしたないだの言って食べなかったバルバラも、今ではだすものすべて完食してくれる。

「そうだね。鳳魔凰がこれほど美味しかったなんて、この旅をするまでは知らなかったよ。以前食べた唐揚げや焼き鳥も絶品だったけど、今日のスープも最高だ」

本日のメニューは、鳳魔凰の骨つきもも肉と耶魔芋《ヤマイモ》という根菜を煮こんだスープである。味つけは塩と胡魔《ゴマ》油だけで、あっさりしているのに食べ応えのある料理だ。

「鳳魔凰の味なんて知っているヤツは、滅多にいないだろうからな」

残った骨をしみじみ見ながらノーマンが話す。

「え？　そうなんですか？　うちは兄さんがよく捕ってくれるから、普通に食べていましたけど」

私の言葉に、兄がうんうんと頷く。口の中がスープでいっぱいなので話せないのだ。

「そこからしておかしいんだよな。普通、鳳魔凰は王都から魔国よりの方にしか見られない魔鳥なんだ。クリスと嬢ちゃんの村は、魔国とは反対方面の山間の村だろう？　なんで鳳魔凰がいるんだよ？」

そんなこと言われても、いるものはいるとしか言いようがない。鳳魔凰以外でも、うちの村の近くには比較的強い魔獣が多いのだが、ひょっとしたら勇者の経験値稼ぎだったのかもしれない。

「……ちなみに羽根はどうしているんだ？」

考えても仕方ないと思ったのだろう、ノーマンは別のことを聞いてきた。

「綺麗だけど、あんまりたくさんあっても困るんですよね。最近は、羽箒《はねぼうき》にして村中に配っていましたけど」

箒自体も綺麗だし、使えば棚とか綺麗になる。……とはいっても、やっぱり喜ばれるのはお肉の方なのよね。

私が鳳魔凰の羽箒を思いだしていれば、ノーマンが深いため息をついた。

「鳳魔凰の羽根で羽箒……いったい、どれだけの値段がつくんだ」

「材料は、肉を食べた後の廃棄品ですし、うちの母が片手間仕事で作っていましたから、元手はほとんどかかっていませんよ」

「そうじゃない！」

ノーマンは、泣きそうになっている。

「……そうですか。羽箒に……普通に廃棄されているだけじゃなくて、よかったです」

ローザが小さな声で安心したように呟いた。アレンとバルバラも乾いた笑みを浮かべている。

彼らの反応が不思議で、兄と私は首を傾げたのだった。

◇魔法使いローザの誤解◇

『……それは本当か？』

背の高い茂みの中に、ローザはひとり身を潜めている。

時刻は夕暮れ時。勇者一行は、誰が一番シロナの気に入る食材を捕ってこられるかを競って、てんでばらばらに狩りに勤《いそ》しんでいた。

おかげでローザは、誰にも見とがめられず魔国の仲間と連絡をとれている。

彼女ひとりと思われた茂みには、小さな耶守《ヤモリ》――体長三センチほどのトカゲの魔物――がいた。先ほどの声は、耶守を使い魔とする鬼人《キジン》のものだ。

「ええ。勇者が魔国を滅亡させるトリガーは、勇者の妹で間違いないわ。彼女さえ押さえれば滅亡は防げるのよ」

耶守に顔を近づけローザは話す。

シロナは、自分が『滅ぼして』とお願いしない限り勇者が魔国を滅ぼすことはないと断言した。ならば魔国の滅亡を防ぐには、シロナがそんなお願いをできないようにすればいい。クリスとシロナを離ればなれにするのだ。

『……だから勇者の妹を誘拐してほしいと言うんだな？』

「勇者は彼女をとても大切にしているから、攫って人質にすれば言うことを聞くはずよ。国の命令より妹の安全を優先するのは間違いないもの」

神……いや、魔王に誓ってもいいとローザは思う。彼女はここまでクリスのシスコンぶりをいやというほど見てきたのだ。シロナを盾にすれば魔国から追いだすことも可能だろう。

『面倒だな。そもそも人間の勇者をそこまで警戒する必要があるのか？』

勇者の危険性を知らぬ鬼人は、そんなことを言ってきた。

「このままでは魔国は滅亡すると、仲間が未来視したのよ」

『魔国で暮らせず逃げだした弱者の未来視など、あてにならん』

「勇者の強さは規格外よ。現に魔国に侵入しているでしょう！」

耶守から『チッ』と舌打ちが聞こえた。相手の鬼人はローザの祖母の一族だ。だから彼に協力を頼んだのだが……早まったかもしれない。

ローザが少し後悔していると、耶守がチョロリと舌で自分の眼球を舐《な》めた。

『……仕方ない。我が一族は、お前の祖母に借りがあるからな。勇者の妹の誘拐に協力しよう。死霊系の魔物で勇者一行を襲うから隙を突いて攫ってくるといい。……ただし、このことは一族以外には他言無用だ。当然軍にも報告しない。不確かな未来視に踊らされ勇者を怖れてその妹を誘拐したなんて、武勇を誇る鬼人にあるまじき行為だからな』

いかにも不承不承といった声が耶守から聞こえた。――――詳細は知らないが、昔ローザの祖母は鬼人一族の罪を自分ひとりで被って追放刑となったらしい。祖母本人は、一族にも魔国にもうんざりしていたので追放されてちょうどよかったと喜んでいたが、彼女にとって貸しは貸し。魔国で困ったら鬼人一族から利子をつけて取り立ててこいと教えてくれたのだ。

鬼人の物言いは気に入らなかったが、魔国軍に連絡されないのは、ローザにとっても願ってもないことだった。ローザはシロナを誘拐しても傷つけるつもりは少しもないからだ。目的は可及的速やかに勇者を魔国から撤退させることだけ。無事に出て行ってもらえたのならシロナは即お返しするつもりだ。なんなら魔国の名産品をおみやげに渡したっていい。

（絶対、シロナさんを害するわけにはいかないわ。そんなことをしたら、あのシスコン勇者がなに

をするかわからないもの！　そのためにも実力第一主義の魔国軍には知られたくない）

実力第一主義といえば聞こえはいいが、要は魔国軍は強さに重きを置く脳筋集団なのだ。なんでも力で解決しようとする輩《やから》にシロナの存在を知られるわけにはいかない。

「わかったわ。じゃあ決行は明日。場所は――――」

その後、誘拐の具体的な計画を立てローザは耶守と別れた。

（シロナさん、ごめんなさい。でもこうするしかないの……）

これが魔国を滅亡から救うたったひとつの方法だ。ローザは、そう思いこんでいた。

第六章　誘拐からの大激闘

順調に魔国を旅していた私たちだったが、けっして油断していたわけではない。常に索敵は怠らなかったし、自分たちの力に慢心し魔物を侮ることもしなかった。

隙を見せず、予測不能な事態にも対応できるよう体勢を整え、万全を期して戦っていたのだが
……しかし、それらの根幹にあったのは、仲間に対する信頼。勇者一行五人プラス勇者の妹ひとりという限られた人数の中では、裏切り者がいた場合の対策なんて立てられるはずもなく、そもそもそんな可能性を考えたなら、魔王討伐の旅そのものが成り立たなかった。

――――結果、この窮地である。

「……ローザさん。なぜあなたが？」

「ごめんなさい！　でも、魔国滅亡を防ぐためには、こうする以外なかったの！」

縛られ捕らわれた私に対し、ローザは平身低頭謝ってくる。

ここは、どことも知れぬ部屋の中。天井は高く、壁は石造り。窓もない中、壁際に松明《たいまつ》が燃えている。

換気とかしなくって大丈夫？　と思ったが、部屋の広さのせいか、それとも通気口がどこかにあ

るためか、空気はそれほど悪くなかった。

それが、救いといえば救いなのかもしれないけれど……。

――今になって思い返せば、今日の魔族の攻撃は執拗《しつよう》だった。

敵は死霊系で、魔獣のゾンビやスケルトン、デュラハンや吸血鬼と勢揃い。倒しても倒しても湧いてでて、バルバラが大張り切りしたのだ。

「私の聖魔法の見せ場ですわ！」

その言葉は嘘ではなく、バルバラの回復魔法はゾンビなどには即死魔法となり、バッタバッタと敵を倒していく。

もちろん、兄やアレン、ノーマンもいつもどおりの大活躍。私たちの周囲には敵の死体が山となり、終始優勢で戦いは進んでいた。

ただ、敵も怯《ひる》まない。どんなに倒されても挑みかかってくる敵に、私が違和感を覚えたのは、戦いがはじまって一時間ほど経ったときのことだった。

「兄さん、この敵はおかしいわ。なにか他に目的があるのかもしれない」

「わかった。一旦退こう」

兄の判断も迅速で、広い戦場でばらけて戦っていた私たちは、別々に退却して前日に野営した場所で再集合することにしたのだ。

あらかじめ決めてあった魔法を使った合図を打ち上げ駆けだした私の横に、ローザが近づいてきたのは、退却をはじめてすぐのこと。

打ち合せとは違う動きに、あれ？　となったけど、まあそういうこともあるかなと思いなおす。

気にせず走っていた私の足に力が入らなくなったのは、突然だった。

「……え？」

「ごめんなさい。シロナさん」

ローザの謝罪の言葉が聞こえて……直後私は意識を失ってしまったのだ。


――――そして、今ここである。

そう。私は、ローザに裏切られ誘拐されたのだった。

「……魔国を滅亡から防ぐためって、どういうこと？」

ローザはたしかにそう言った。勇者の妹でしかない私を誘拐することと、魔国の滅亡がどこをどうしたら繋がるのだろう？　……それとも、まさかローザは、私が女王の娘だって知っているの？　いったい、いつ、どうしてバレたのか？　戦々恐々とした私だったが、幸いにしてこの懸念は外れた。

「この前、シロナさんは言ったでしょう。――――あなたが勇者に『滅ぼして』と願わない限りは、彼は魔国を滅ぼさないって――――私の祖母は魔族で、私は祖母から魔国の滅亡を防いでほしいって頼まれているのよ」

へっ……マジで？　まさか、そんな事情があったなんて思いもしなかった。

しかし――バカなの、ローザ？

「だったら、これは逆効果でしょう！」

私は思わず叫んでいた。

「え？」

「たしかに兄さんは、私の言うことなら無条件になんでも聞くシスコンよ！　だからこそ、ローザさんが魔国を滅ぼしたくないのなら、私から兄さんに『魔国を滅ぼさないで』ってお願いするように働きかけるべきだったのよ！　……なのに、こんなことをして――私を誘拐された兄さんが、怒り狂って魔国を滅亡させるとは、思わなかったの？」

「――あ」

あ、じゃない！　あ、じゃ！

間違いなく、あの兄ならきっとやる！　私には、魔族すべてを蹂躙《じゅうりん》し、魔国の大地を焼き払う悪鬼のごとき兄の姿が見えた。

「……そんな。どうしよう？」

どうしようもなにもないでしょう！

「ともかく、一刻も早く私を兄さんのもとに帰して！　怒って暴れだす前になんとか宥めなくっちゃ！」

私の言葉に、ハッとしたローザは、慌てて私を縛っていたロープをほどこうとする。

しかし、この場には他にも人――いや、魔族がいた。

「おい！　なにを勝手に逃がそうとしているんだ。せっかく苦労して捕まえたのに」

そう言って、ローザを止めたのは、頭に二本の角を持つ鬼人の男だ。どうやら私の誘拐には、この鬼人も協力したらしい。

「でも、オルガ！　今の話を聞いたでしょう？」

「聞いたけど、それがなんだっていうんだよ！」

オルガと呼ばれた鬼人は、私をギロリと睨みつけた。

「勇者がそいつを大事にしているっていうんなら、そいつは勇者に対する人質になるだろう？　そいつを盾にして、勇者にこっちの言うことを聞かせりゃいいだけじゃないか！」

オルガは、馬鹿にしたようにローザを怒鳴りつけた。

しかし――――甘い！　甘々だ！　あの兄が、素直に私を人質に取られたままでいるはずがない。

「無理よ！　兄さんが、私を人質になんてされて、黙っているはずないでしょう！」

「お前が大事なら、勇者は手をだせないだろう。喉元に短剣突きつけて脅してやるさ」

そんな手が通じるような兄ではない。

「兄さんなら、あなたがぴったり私に張りついていたとしても、一瞬であなただけを真っぷたつにできるわ！　もちろん、私にはかすり傷ひとつつけることなくね」

その程度のこと、兄なら朝飯前なのだ。私の喉元に短剣を向けた時点で、哀れオルガの二枚おろしの出来上がりである。

オルガはバカにしたように笑った。

「そんなことできるはずが――――」

「勇者なら可能だわ」

否定の言葉を紡ごうとしたオルガだが、ローザにバッサリ遮られ目を見開く。信じられないというようにローザに視線を向けたが、青い顔で「本当よ」と告げられ体を震わせた。

「……な、なら、お前は勇者の前には連れて行かない！　ここに閉じこめたままで脅してやる！」

ちょっぴり顔色を青ざめさせながら、オルガは叫ぶ。

「ふっ……そんな暇があったらいいわね。今この瞬間も、兄さんは私を探しているわ。兄さんの索敵能力は、すごいわよ。――――子どもの頃、私が深い森の中に落とした小さなボタンひとつ見つけるのに、ものの数分もかからなかったんだから」

あのとき私は森で遊んでいて、自宅に帰ったらボタンがひとつ取れていた。どこにいつ落としたのかもわからなかった子ども服のボタン。しかも迷彩柄を兄はあっという間に見つけてきたのだ。けっして家の近くにあったとか、わかりやすい場所にあったとかいうわけではない。後日「ここに落ちていたんだよ」と兄に教えてもらった場所は、森の奥の奥。草木の生い茂る藪の中だった。どうやって見つけたのかと聞いた私に、兄は「シロナが一度でも身につけたモノを僕が見つけられないわけないだろう」とニッコリ笑って答えてくれたものだ。

――――さすが、シスコン。いや、シスコンという枠でひと括《くく》りにしたら他のシスコンに悪いレベルのシスコン兄である。

私の言葉に、オルガはますます顔色を悪くした。

「くそっ！」

悪態をつくなり、私の側に寄ってくる。

「オルガ！　なにをするつもり？」

焦ったようにローザが叫んだ。

「こいつを連れて行くんだよ！　勇者に見つかっても大丈夫な場所にな！」

言いながら、オルガは縛られたままの私の腕を取る。

「待って、オルガ！」

「転移！」

ローザとオルガの声が重なって――――。

気づけば、私は先ほどとは違う屋内にいた。


前の部屋よりもはるかに高い天井と、広い空間。やはり窓はないのだが、室内のあちこちに燃え盛る松明が、部屋の壁際に並べられた不気味な彫刻を照らしだしている。

素材のわからない黒い壁に黒い床。奥まった場所には、一段高い壇があり、そこに奇っ怪な形の椅子があった。捻《ねじ》れた樹が絡みついたような形の椅子の色は、血のごとき深紅。

――――うわぁ、座り心地悪そう。

思わず私はそう思った。

私なら絶対座りたくないその椅子には、酔狂にもひとりの男が座っている。

長いストレートの黒髪。闇をそのまま閉じこめたような黒い瞳。瞳を囲う人間であれば白目の部分は赤である。

蠟《ろう》のような白い顔は、整いすぎて作り物のようだ。そこに紫の唇が弧を描いている。

座っていてもかなりの上背があるとわかる男の頭には、オウムガイみたいな立派な巻き角が二本ついていた。

ひょっとして、ひょっとしなくても。

「ひっ！　……ま、魔王さま？　どうして俺はここに？」

私の横、狼狽えきったオルガの声が怖《おそ》れていた名前を叫ぶ。

――そうよね、やっぱり。どこからどう見ても、目の前のその人（？）は、魔王にしか見えなかった。

私はガックリと肩を落とす。まったく、どうして選《よ》りに選って魔王のところになんて連れてくるのだろう？

恨みがましくオルガを見れば、がたいのいい鬼人は今にも失神しそうな顔をして魔王を見ていた。

「我が城の近くを、変わった気配を連れて過ぎゆく者がいると思い引き寄せてみれば……鬼人の一族か？　そんなに急いでどこに行く？」

低く冷たい声が紫の唇から響く。

オルガは、頭を床に打ちつける勢いで土下座した。

「……は、はいっ！　わ、我が名はオルガ。鬼人族の長のところへ向かう途中でした！」

どうやらオルガは、私を自分たちの長の元に連れて行こうとしたらしい。たぶんこの誘拐劇の責任者がその長なんだろうな。『勇者に見つかっても大丈夫な場所』なんて言っていたけれど、魔族の一部族の長なんかじゃ兄に敵うとは思えないけれど。

「フム。……で、ナニを連れている？」

魔王の問いかけに、オルガの体はガタガタと震えだした。

「そ！　そのっ――――」

「人間の女に見えるが？　……ずいぶん強固な守護の魔法がかかっているな。下手に害すれば都市のひとつやふたつ軽く吹っ飛びそうな防御魔法だ。……こんなモノを魔都に持ちこむとは、鬼人族は反乱を企てているらしい」

オルガはガバッと顔を上げた。驚愕の表情で私に視線を向ける。

――――でも、冤罪《えんざい》だから！　私はそんな防御魔法知らないわ。……もうっ、犯人は間違いなく兄さんね。いつの間にそんな物騒な防御魔法をかけていたのかしら。私がうっかり攻撃をくらっていたらどうするつもりだったの？

私が心の内で兄に文句を言っている間に、オルガは覚悟を決めたようだった。

「も、申し訳ありません！　鬼人族に謀反の意などけっしてなく！　……わ、我らは魔国のためにと思って――――」

平身低頭。脂汗をダラダラとかきながら、オルガは今回のことについて説明をはじめた。

曰く、自分が連れているのは勇者の妹で、誘拐して人質にするつもりであること。そもそもの話は、魔族の血を引く勇者一行の魔法使いから持ちかけられたこと――等々。

「せ、正規の手続きを経ず策を実行したことはお詫《わ》び申し上げますが、ことは急を要すると判断しました。この女にそんな防御魔法がかかっているなどとは知らなかったのです！　……平に！　平にお許しを！」

――いや、必死さはわかるんだけどね。勝手に誘拐をしておいて、知りませんでしたなんて通るのかな？　私なら怒るんだけどな？

魔王は、オルガが話している間、ジッと私を見ていた。お綺麗なその顔には、なんの表情も浮かんでいない。

やがて、チラリとオルガに視線を向けた。

「――つまりお前は、私も魔国も此度の勇者に負けると言いたいのだな？」

低く、冷たい声だった。

ああ、そっか。そう言われれば、そういうことになるわよね。

「あっ！　い、いえっ！　けっしてそのようなことはありません！」

オルガはブルブルと震えだした。

「では、どうしてその娘を誘拐したのだ？」

「ま、万が一の可能性を潰したかったのです！」

「万が一でも、私が勇者に負けると？」

「そ、それは――」

オルガの顔色は真っ青だ。

まあ、でも、そうだよね？　魔国が滅亡する心配をするってことは、魔王の勝利を信じていないってことだもの。そこを指摘されちゃったら、言い逃れなんてできっこない。

このまま失禁でもするんじゃない？　ってくらい怯えるオルガに冷たい目を向けていた魔王は、微かに片手を動かした。

同時に、この部屋の壁際にあった頭のない鎧《よろい》の置物の一体が、ガチャガチャと動きだす。

——え？　ひょっとして置物じゃないの？

置物、もとい首無し鎧の魔物は、容赦なくオルガを捕まえた。

「くっ！　離せっ、魔王さま、俺は——」

ワーワーと喚くオルガを引っ立てて、鎧は出て行ってしまう。

——そっか、あれってデュラハンの一種だったのね。首無し馬に乗っていなかったから、わからなかったわ。考えてみれば、天下の魔王城に頭の取れた置物を飾っておくはずがなかったわ。

ひょっとして、他の不気味な彫刻たちも、本物だったりするのかな？

あの、でっかいゴキブリみたいな頭部を持った彫刻が動いたりしたら、かなりいやなんだけど。

私は、怖々と不気味な彫刻たちを眺め回す。

——うん。考えないようにしよう。密《ひそ》かにそう決意する。

そして、いつの間にか周囲が静かになっていることに、気づいた。

「……物怖じしない女だな。私が怖くないのか？」

そう私に話しかけてきたのは、魔王だった。

◇勇者クリスの暴走◇

シロナが消えた。

僕は、すぐにそれがわかった。だってシロナは僕のすべてだから。

気配が消えれば、世界が変わる。僕にとっては、それくらいの変化だ。

即座に立ち止まり、シロナの気配を探る。

同時に、周囲に満ちていたイラナイモノを、すべて消し去った。生きているモノも、死んでいたモノも、動物も、植物も、一部の例外を除いてすべてが綺麗さっぱり塵《ちり》と化す。

結果、土と岩だけが延々と広がる荒涼たる大地が目の前に現れた。ほんのついさっきまで、ここには緑が生い茂り少し離れた場所には森が見えたのに。自分たちをしつこく追いかけていた死霊系の魔物が溢れていて、空には吸血鬼が飛んでいたのだ。

それらすべてが一瞬で、かき消える。

――――ああ、これでシロナの気配が辿りやすくなった。

「……あっちか」

呟き、走りだそうとする。しかし――――。

「ま、待て、クリス！」

声が聞こえた。

僕の邪魔をしたのは、先ほど消さなかった一部の例外――ここまで一緒に旅してきた『騎士』と『聖女』と『戦士』だ。

やっぱり一緒に消してしまえばよかったかな？　いや、そんなことをしたらシロナに叱られる。なにはなくとも、シロナに嫌われることだけは、避けたい。

「シロナさんを探すんだろう？　私たちも行く！」

大胆にも僕を呼び止めたアレンが、さらに大胆なことを言った。

命知らずだな。怒った僕が自分を殺すとは思わないのだろうか？

思わないのだろうな。だってこいつは、僕がシロナを愛していることと、それゆえにシロナのいやがることをしないことを知っている。

「……邪魔だ」

だから僕は、僕としては精一杯の思いやりをこめて答えてやった。大切なシロナを探しに行くのに、こんな足手まといを連れて行くはずがないだろう？

「み、みんなで探せば、早く見つかるはずよ！」

今度の命知らずは、バルバラだ。

僕は、ほんのわずかだが驚嘆する。目に映るすべてを消去させたこの現状を見て、まだそんなことが言えるだなんて。これもシロナの教育の賜物だろう。

「僕に協力したいのなら、今すぐこの場から立ち去れ」

それが、唯一彼らにできることだ。

これから僕は、シロナの気配を探り、彼女がいないとわかった場所に在るモノすべてを消し去り進むのだ。こいつらがいなければ、余計な気をつかうことなく思う存分力をふるえる。

「俺たちだって嬢ちゃんが心配なんだ！　手伝わせてくれ」

この台詞はノーマン。

だから手伝いたいのなら、さっさと消え失《う》せろと言っているのに。

……やっぱり消してしまおうかな？　いや、今はその手間さえも惜しい。

むしろこの状態で、彼らとこんなに長く話しただけでも、僕にとっては異常なことだ。

ここにシロナがいたら、きっと褒めてくれるのに。

それとも怒るかな？

どっちにしろ、僕にはシロナが必要だ。

僕は、彼らに一瞥をくれることもなく走りだした。


――――シロナ、待っていて。今お兄ちゃんが助けてあげるから。

◇騎士アレンの覚悟◇

「なんなの！　なんなの！　あの化け物‼　あんなに強いなんて聞いていないわよ！」

バルバラがヒステリックに叫ぶ。

最近は見られなくなった光景で、なんだか懐かしいなんて思う私は、きっと現実逃避している。

「……隠していたんだろう。それか俺らに合わせていたか」

ノーマンの声の端に怯えが滲む。周囲一帯荒野と化したこの風景を見てしまっては、それも無理もない。

実際、私の手も震えていた。これほどの力を見せつけられてしまえば、震えずにいることなんて不可能だ。

「聞いてはいたんだ。勇者は、俺たちと合流する前にたったひとりで魔王を殺しに行こうとしたって。補給も助力もなにひとつ必要とせず、まるでちょっとした狩りに行くような気軽さで旅立とうとしたんだと。……本当のことだったんだな。たしかにこの強さがあれば、ひとりで魔王討伐も可能だろうさ」

ハハハとノーマンが乾いた笑い声を漏らす。

「だったら、なんで今まで実力を隠していたのよ!?」

バルバラも叫ばなければ正気を保っていられないのだろう。

「シロナさんゆえだろう。シロナさんが止めたのか、それともシロナさんに嫌われたくなかったのか……どっちにしろ、クリスのやることすべては、シロナさんのためだ」

それだけは、わかりきった真実。クリスの目には、シロナさんしか映っていない。

――――本当に信じられないシスコンだ。私も伯父上を見ていて、シスコンには理解のある方だけど、それでもあれはあり得ないと思ってしまう。……あんなんで彼は、シロナさんをお嫁にだすことができるのかな？

シロナさんにプロポーズするには、命がいくつあっても足りないな。遺書は何通必要だろう？

いや、私が書くわけではないけれど。……どんな文面にしよう？

私は、フッと笑った。

私も大概だ。この惨状を見ながら、そんなことを考えられるなんて。クリスとのこれほど大きな彼我の差を見せつけられて、それでもシロナさんや彼から離れることが考えられないなんて。

「なにを笑っているのよ！」

私の笑顔を見とがめたバルバラが、怒鳴りつけてきた。

「ああ、すまない。……でも、笑う以外ないだろう？　ここまで実力差があってはね。これからどれだけ努力しないといけないかと思ったら、気が遠くなるよ」

バルバラは、信じられないといったように、目を見開く。

「……あなた。まだ勇者と一緒にいようというの？」

「当然さ。私は勇者一行の『騎士』だからね」

どれほど実力差があっても、諦めるわけにはいかない。そんなことをしたら、シロナさんと一緒にいられなくなってしまうから。

「君だってそうだろう？　つい先ほどまで、クリスと一緒に行こうとしていたんだから」

「だってそれは、シロナさんを探すために――――」

言葉を切ったバルバラは、ギュッと唇を噛んだ。やがて、ギラギラと輝く赤い瞳で私を睨みつけてくる。

「……ええ、行くわ。私だって『聖女』ですもの」

彼女のこんな表情は、見惚《みと》れるほどに美しい。まあ、私の好みではないけどね。

「俺も行く。ここでスゴスゴ帰ったら、妻と娘に顔向けができないからな」

ノーマンも、そんなひどい顔色でよく言うよ。

とはいえ、私も同じような顔色をしているのかもしれないな。

――あらためて、なにもなくなってしまった荒野に目を向けた。こんな光景を作りだした相手を追いかけるのかと思えば、足が竦む。

しかし、私たちは勇者一行だ。

そして、この光景の向こうには、シロナさんがいる。

覚悟を決めて足を踏みだした。

◇◇◇

一方、魔王城。

魔王に話しかけられた私は、少しだけ考える。

「えっと、とりあえず、このロープをほどいていただけますか?」

ダメ元で、聞いてみた。そう。実は、私は手足を縛られたままなのよね。これじゃ話しかけられても、まともな会話は難しいと思うのよ。

魔王は、ちょっとだけ目を大きくした。

「なぜ、私がそんなことをしなければならない？」

「あ、いえ。質問されたからきちんと向き合って答えたいなと思いまして」

手足を縛られて寝転んだ状態では相手の顔を見ることも難しい。この状態で話し合いとか無理だろう。

私の答えを聞いた魔王は、少し考える様子を見せる。やがて、ほんの微かに指を動かした。するとたちまちロープが消えていく。

ああ、よかった。……まあ、実はやろうと思えば自分で縄抜けぐらいできたんだけど、あまりそういう技術は見せない方がいいものね。

ホッと息を吐いた私は、ゆっくりその場で立ち上がった。

「はじめまして、魔王さま。私はシロナといいます」

初対面の相手にはきちんと挨拶を。それが敵だろうとなんだろうと常識だと思う。

「はじめまして、か？　……その余裕は、自分にかかっている防御魔法を信じているゆえか？　それとも勇者が必ず自分を助けてくれると信じているからか？」

魔王は、そんなことを聞いてきた。

「まあ、それもありますかね」

実のところ防御魔法については、それほど頼りにはしていない。魔法の内容を見破ってそれでも動じていない魔王を見るからに、この程度の防御魔法、魔王にとっては痛くも痒《かゆ》くもないんだろう。

――――でも、兄さんは別よ！　実際兄さんは今この瞬間も私を助けるべく走っているはずだもの。今までは道中の魔族を倒しつつ進む旅だったが、私を攫われた瞬間兄さんの目標は私の奪還以外なくなったに違いない。そんななにより最優先の目標を持った兄さんが、この場に駆けつけないはずがないではないか。

　少なくとも私はそう信じている。

「……それも、か？　では、他の理由はなんだ？」

あ、ちゃんと気づいたのね。だったら教えてあげようか。

「まず、ひとつ。――――あなたがずいぶん退屈そうだなと思うからです」

私は、顔の前で指を一本立てた。

「退屈？」

　魔王は、片眉を上げる。

「はい。見るからにつまらなそうな顔をしていらっしゃいますよね？　そういう人は、自分のもとに現れた珍しい相手をそうそう簡単に殺したりしないんです」

　好奇心は猫も殺す――――たしかイギリスのことわざで、猫は九つの命を持っていると言われるくらい死とは遠い生き物だけど、その猫でさえ好奇心が強すぎれば死ぬことがあるという意味だったはず。

言い換えれば、そんな死の恐怖を知りながらも好奇心は抑え難いということで、たぶん目の前の魔王もそれは同じはず。……いや、退屈を感じていれば感じているほど好奇心に抗うのは難しいだろう。

勇者の妹という私の危険性がわかっていても、己の興味の方を優先してしまうに違いない。

論より証拠。闇そのものだった魔王の黒い瞳には微かなきらめきが灯《とも》っていた。

「そして、ふたつ目。――あなたが自分の強さに相当な自信をお持ちだと思うからです」

「ふむ。たしかに私は強いからな」

なんの気負いもなく魔王は自分の強さを認める。

「お前には、私が強いゆえに勇者など敵と思わず、お前を殺す必要はないと判断するように見えたのだな？」

今度は、魔王自らが私の考えを推察してきた。

「はい」

――まあ、それだけじゃないんだけどね。私は心の中で、こっそりつけ加える。

このとき、私の脳裏に浮かんでいたのは隻眼の美丈夫だ。王兄でもある彼は、女王が『力を持つ者を無条件で惹きつける力を持っている』と、私に教えてくれた。そして私にもそれと同じ力があるのではないかと疑っていたのだ。

――魔王は強い。兄に比しても、純粋に力だけを見るならば大差ないと感じられる程度には、強いと思う。

だとすれば、私は魔王を惹きつけるのかもしれなかった。なににも興味を持てない子どもだった兄が私を拾ってきたように、この世界のすべてに倦《う》んでいるように見える魔王も私を望むようになるのかも？

……。

………。

…………いや、やっぱりそれはいやだな。

自分の考えに沈みながら魔王を見ていた私は、自分で自分の問いかけを全力否定した。

無理、無理、無理、無理、無理寄りの無理だ！

――はじめて知った。どうやら私は、偉そうな俺さま男は趣味じゃないらしい。この魔王に好かれるなんて絶対ごめんである。

確固たる意志でそう思う。――となれば、私のとる行動はひとつだろう。即断即決即実行が、私のモットーだ。

次の瞬間、パッと壁際に走った私は、首無し鎧の一体を思いっきり足で蹴り飛ばした。

全身鎧の防御力は高く、剣で斬ろうとしても歯が立たないというのが常識だが、反面力任せの衝撃は伝わりやすいのだ。斬るより殴る方が効果がある。……まあ、私は蹴ったんだけど。

ドゴォ～ン！　と吹き飛び壁に叩きつけられた首無し鎧から、私は剣だけ奪い取った。

そのまま壁沿いに走りだす。

私の走ったすぐ後では、壁際に並んでいた他の首無し鎧やちょっと不気味な彫刻たちが次々と破壊されていった。

あ、断っておくけど、私のせいじゃないからね。私を狙って破壊光線を発する魔王の仕業だよ。まったく、自分の味方まで一緒に攻撃するとか……やっぱり私の好みじゃない。それに、うっかり私にかすって防御魔法が発動したらどうするつもりなの？

広いこの部屋の出口に辿り着いた私は、ピタリと立ち止まった
同時に魔王の攻撃も止まってしまう。

――ううん、残念。勢いで私の背後の閉まっている扉を壊してもらいたかったんだけどな。

まあ、そこまで都合よくいかないか。

「――なにゆえ、逃げた？」

魔王が問いかけてくる。

とはいえ、その声に怒りや苛立ちは感じない。純粋に興味深いと思っているだけのよう。

「あなたが私の好みじゃなかったからです」

私は、正直にそう言った。

魔王は、虚を衝《つ》かれたような顔をする。

すかさず私は、持っていた剣を魔王めがけぶん投げた！　同時に、ありったけの聖魔法を魔王に放ち、再び壁沿いに反対回りに走りだす。

動きを止めることなく、落ちていた鎧や彫刻の武器を拾っては魔王に投げた。長剣、短剣、長槍に短槍《たんそう》、斧もハルバードも手当たり次第。魔王の後ろに回って盾も叩きつけてみたけれど、ことご

とく防がれてあんまり効果はない。

――――くそっ！　聖魔法も物理も効かないとか、強敵すぎるでしょう！

一周回って、武器の中で一番使えそうな両手剣を構えて、再び魔王と対峙《たいじ》した。

「ちょこまかと」

でも、さすがに魔王も苛立たしそう。ダメージは受けなくとも、煩わしかったのは間違いない。

「私って鬱陶しい女でしょう。心の底から嫌ってもらってかまいませんよ」

むしろ全力で忌避していただきたい！　そう思って私は、我ながらウザいと思われるポーズを決めた。片手で髪をサッとかき上げたのだ。

魔王は、驚いたように目を見開き……やがて、プッと吹きだす。

「ククッ……私に嫌ってほしいのであれば、その場で怯えて震えるふりでもしておればよかったものを」

笑いながら、そんなことを言ってくる。

「でもその場合、問答無用であなたに殺されちゃいますよね？」

「……まあ、そうだな。卑小な存在に生かす価値は感じない」

だったらそんな選択できっこないじゃない！　ムッとして見返せば、魔王は考えるように目を伏せた。

「…………お前は、私に嫌われたいのか？」

今度はそんなことを聞いてくる。

「好みじゃないって言ったでしょう！」

まったく、人の話を聞いていない魔王である。そういうところも気に入らない。

「なぜだ？」

視線を上げた魔王は、心底不思議そうに聞いてきた。……こいつは、自分が人類の敵である魔王だという自覚がないの？

「私は勇者の妹なのよ。兄と敵対している相手を好きになるはずないでしょう！」

決まり切ったことを言わせないでほしい。この際だ。ついでに先ほどから気に入らないと思っていたことも全部まとめて言ってやろう。

「だいたい、人と話しているのに偉そうに椅子にふんぞり返ったままなのも気に入らないのよ！上から人を見下ろしてくるような相手に好意なんか持てるはずがないでしょう！」

さっきだって、私の攻撃を椅子に座ったまま微動だにせず防ぐなんて、腹立たしいったらありゃしない！　なにからなにまで気に入らないのだ。こんなにイライラするのは、久しぶり。

そう。このときの私は、本当にどうしてここまでと思うほど気が逆立っていた。後にして思えば、誘拐されてかなりストレスがたまっていたせいだとわかるのだが、それは落ち着いてからのこと。仲間だと思っていたローザに裏切られた結果とはいえ、簡単に誘拐されてしまった自分自身の不甲斐なさも相まって、私のイライラは、頂点に達していた。

――だから、私らしくもなく、魔王に当たり散らしてしまったのだ。

せめて、もう少し冷静になっていれば、この後のあのとんでもない展開にはならなかったのかもしれないのだが……そんな未来の自分の後悔も知らない私は、感情のままにキッと魔王を睨みつける。

魔王は「そうか」と頷いた。おもむろに立ち上がると、フッと姿をかき消す。

次の瞬間、魔王は私の目の前に現れた。瞬間移動の魔法なのか？　それとも単に動きが速すぎて、私が目で追えなかっただけ？

「え？」

驚く私の前に……魔王は跪いた⁉

「これでいいか？」

低い位置から私を見上げながら、そう聞いてくる。

――――うん。どうしよう？

「……魔王が簡単に跪くんじゃないわよ」

動揺した私の台詞が、これだ。自分で見下ろすなと言っておきながら、ちょっとアレかなとは、思うけど。

「だが、こうしないと、お前は私を好いてくれないのだろう？」

――――いや、そうは言ってない！

「跪いたら好きになるとか言っていませんから！　そもそも、あなたは私に好かれたいんですか？」

このとき、私の頭の中は大混乱。どうしよう？　と、なんで？　の言葉がグルグル回っている状態だ。

魔王は、考えるように首を傾げた。

「……フム。どうやらそうらしい？」

「なんで⁉」

「私も不思議だ。……つい先ほどまで、面白そうなおもちゃだとしか思えなかったのだがな。壊してしまってでも別にかまわないなとさえ思っていた」

怖ろしい発言を平然としないでほしい。

「しかし、お前に逃げられて胸がモヤッとしたのだ。好みじゃないと言われてショックを受けた。嫌ってほしいと言われて……嫌いになれないとわかったのだ」

そこは、わかってほしくなかった。

――いやいや、おかしいでしょう！　おもちゃだと思っていた相手に、どうして急にそうなるのよ？　逃げられて、いやがられて……好かれたいだなんて――魔王って、マゾなの？

「……私に被虐趣味はないぞ。加虐趣味なら多少は理解できるがな」

私の心の声が聞こえるはずもないのだが、魔王はそんな言い訳をしてきた。……ますますアウトな情報だ。

「私は、どっちも理解したくありません！」

「そうか。お前がそう言うのなら、私も理解するのはやめよう」

主体性がないにもほどがある！

混乱の極みにあった私の脳裏で……隻眼の美丈夫がクスリと笑った。

――――やはりこれは、私が女王の娘だからなのだろうか？　魔王は強いから無条件で私に惹かれているの？　信じたくはないのだが、もうこの状況ではそれ以外考えられないではないか。

ホント、どうしよう？　こんな遺伝、ほしくなかった！

とはいえ、今そんなことを言っても仕方ない。ともかくこの状況に対応していくしかないだろう。

私は、このまま魔王に好かれるメリットとデメリットを考えた。

――――魔王は、私の前で跪いたままだ。背が高いので、その姿勢でも頭は私の胸の位置くらいで……悔しいけれど顔がいい！

いや、それはどうでもいいのだが……魔王の様子を見るに、私に危害を加えることはないと思われた。というか、命令待ちの大型犬に見えるのは目の錯覚か？　ドーベルマンとかシェパードみたいなカッコイイ軍用犬を思いだす。

この状況を見るからに……もしも、私が魔王の好意を受け入れたなら、目の前の人類最大の敵は、戦わずして私のモノになりそうだった。

そうすれば、魔王の脅威もそれに伴う魔族、魔獣の危険も消えて、人間側は労せず無血の勝利を得られるかもしれない。

そうなれば万々歳の結末でたぶんこれが一番のメリットだ。

比してデメリットとして考えられるのは――――他ならぬ兄の存在だろう。

私が魔王の好意を受け入れると決めたとしても、果たしてあの兄がそれを認めてくれるかどうか？　今でさえ、私に好意を見せはじめたアレンやバルバラ、ノーマンを面白く思っていないのが丸わかりなのに。

彼らと悉《ことごと》く張り合い、自分が私の一番にならないと気が済まないあのシスコン兄が、新たに現れた邪魔者《魔王》を、敵視しないはずがない！

となれば起こるのは、兄VS《バーサス》魔王の死闘といったところか？

――――つまり、今と同じ状況じゃない？

……。

………。

…………状況が変わらないのなら、無理に魔王に好かれる必要は、ないよね？

結局、私はそう思った。メリットである勝利も兄が得るに決まっているし。

「……あなたの感じる私への好意は、私の『力』で強制的に引き起こされたモノである可能性があります」

だから私は、魔王に教えてやった。

「強制的？」

「はい。……私には、強い者を惹きつける力があるのだそうです。強ければ強いほど、惹きつける力は大きいのだとか」

「……つまり、この想《おも》いは偽物だと言うのだな？」

「間違いありません！」

私は胸を張って断言した。

傲岸不遜な魔王が、他者の能力によって強制的に抱かされた『好意』を面白く思うはずがない。きっと、すぐさまその『好意』を疎ましく思うだろう。自分の中から切り捨てようとするはずだ。心配なのは、その過程で私ごと想いを消し去ろうとする可能性だけど……まあ、そのときはそのとき。隙を見つけて逃げだせば、なんとかなるし、なんとかする！

決意も新たに魔王の反応を見ていたのだが……思いの外、魔王は考えこんでいた。

——悩む必要、なくない？

「……偽物の想いだから、お前は受け取れないと言うのだな？」

「はい？」

ついには、なんだか想定外のことを言いだした。しかも、私の疑問形の「はい？」を肯定の「はい」と勘違いしたらしい。

「そうか。しかし、お前の話が本当ならば、勇者も私と同じはずだな。……それなのに、なぜお前は勇者と一緒にいるのだ？　どうして奴の好意を受け入れている？」

——えっと？　この人、じゃなくて魔王は自分と兄さんを比較しているの？　そして、同じだと思っている？

私は、大きなため息をついた。

同時に、心の片隅で、この場に近づく懐かしい気配を感じとる。心臓がトクトク落ち着いて、とてつもない安心感が満ちてきた。

——ああ、もう、大丈夫だ。

「────あなたと兄さんは違いますよ」

だから、私はそう言った。

「どこが？」

「見れば、わかります」

きっと一目瞭然だろう。

魔王は、驚いたように目を見開く。

次の瞬間────ドゴォォォ～ン！　という派手な音がして、この部屋の天井の一部が壊された！　サッと射しこむ光と同時にひとりの人物が降りてきて、剣を一閃！　魔王を縦に真っぷたつに切り裂く！

い、い、い、

「シロナ！」

「兄さん！」

もちろんそれは兄で、魔王を一刀両断した兄はそのまま私を抱き締めた。

ギュウギュウと縋りついてくる。

「シロナ！　シロナ！　シロナ！」

「はいはい、兄さん、私は無事よ」

「シロナ!!　会いたかった！」

「私もよ……兄さん！」

感動の再会なのだが、兄が号泣しているものだからなんとなく締まらない。涙と鼻水でせっかくのイケメンが台無しだ。

それでも、私の目には涙が滲んだ。兄の胸に縋りつく。

「…………なるほど。それが此度の勇者か」

その感激に水をさしたのは、真っぷたつにされたはずの魔王の声だった。見れば、兄の肩越しに、何事もなかったかのように魔王が立っている。

まあ、あれくらいで、魔王が死ぬわけないわよね？　ある程度予想はしていたのだけど、やっぱり魔王は強い。

兄は、私を抱き締めたまま視線も向けずに背後で剣を振り切った。

今度は、魔王は上下ふたつに切り裂かれる！

ところが、見る見るうちに魔王の傷は塞がり元どおりになった。どうやら魔王は、普通に切ったくらいでは痛くも痒くもないらしい。

「たしかに、強いな」

魔王は、感心したようにそう言った。

ノーダメージの奴に言われても、なんだかなぁと思ってしまう。

「それに呆れるほどの執着だ……いささか面白くない」

続く魔王の声は、不満そう。

ここで、はじめて兄が魔王を見た。

「黙れ！　シロナを見るな！　話しかけるな！　近寄るな！　……この場から、サッサと出て行

け！」

　まるで、威嚇する獣である。

「出て行けと言われても、ここは私の城なのだが」

「どこであろうと、そこにシロナがいる限り、その場の主はシロナだ！　他なんて認めない！」

「――いやいや、それは違うわよ、兄さん！

　慌てて否定しようとするのだが、その前に魔王が「フム」と頷いた。

「その意見には、同意してもいいのだが……主が彼女なのだとすれば、私がお前の言葉に従う必要は、ないな」

「――は？　……同意するの？

「僕が、一番シロナのことをわかっている！」

「それはお前の主張であって、事実かどうかはわからない」

「きさま！」

　兄は、魔王へ振り向きざま剣を叩きつけた！

　今度は、魔王も剣を取りだしガッシ！　と受け止める。

「……フム。重いが、この程度か」

「その口、叩き切ってやる！」

　兄と魔王は、超高速で剣を交わし合いはじめた。

　二人の姿は見えないが、キン！　キン！　ガシッ！　と、音だけが周囲に響き渡り重なり合う。

――――へぇ～、兄と互角に渡り合っているのね。

私は、少し感心する。魔王は、名実備わった魔王であったらしい。

とはいえ、勝つのは兄だ。二人の戦いの邪魔にならないよう壁際に下がりながら、私は疑いもせずにそう思う。

たしかに魔王は強いけど兄には敵わない。身びいきでもなんでもなくただ事実だ。伊達に十五年兄の妹をやってきたわけじゃない。兄の強さは誰より私が知っている。

だから――――。

「……兄さん、私そろそろ帰りたいな」

私は、ポツリとそう呟いた。

兄はこの場に来ているけれど、アレンさんたちがどうなっているのか心配なのだ。きっと兄のことだから、彼らを置き去りにして走ってきたに決まっている。今のアレンさんたちの実力なら、魔獣の群れのど真ん中に放りだされても全然心配ないとは思うけど……それでも早く合流してあげたいのが心情。なにより、彼らも私を心配していると思うから。

「――――わかった」

兄の返事が聞こえた。

途端、爆発したかのように膨れ上がる兄の覇気！

「……これは？」

驚く魔王の声が耳に届いた。

次の瞬間、ドン！　と空気が破裂する！

……そして、私の周り半径一メートルを除き、そこにあったすべてが崩れ吹き飛んでいた。壁も、床も、天井も、壊れて転がっていた置物たちも、みんな、みんな、みんなだ。

……残ったのは兄と、左胸のあたりから腕一本千切れ失せている魔王だけ。

見渡せば、そこは荒野で草木一本生えていなかった。

「兄さんったら、やりすぎよ」

この場の元の姿がどうだったのかは知らないが、これほどなにもない荒野ではなかっただろう。魔王城があったのだからひょっとしたら魔国の王都があったのかもしれない。

「ごめん。……だって、これくらいしないと、こいつを倒せなかったから」

兄はどこか悔しそうにそう言った。

――――まあ、それもそっか。相手は腐っても魔王なんだものね。

魔王は、明らかに致命傷を負っているけれど吹き飛んではいなかった。それに膝をつくこともなく立ったまま。

つまりは、このくらいの威力でなければ倒せなかったということだ。

「じゃあ、仕方ないわね」

「…………ハハ……ひどいな。仕方ないで済ませるのか」

私の言葉に反応したのは死にかけの魔王だった。

すごい、まだ普通に話せるのね。

「あなたが強すぎるのが、悪いんです」

「勇者は、私以上に強いのに？」

「……すごいでしょう？　私の兄なんですよ」

私は、胸を張って自慢した。

魔王は……笑おうとして、ゴホッとむせる。紫の唇の端から血がこぼれ落ち、形のよい顎を伝って落ちた。

「そうだな――――たしかに、強い。お前が兄を特別扱いするのも頷ける強さだ」

どうやら兄の強さを魔王に理解してもらえたらしい。

兄は特別なのだ。魔王などと一緒にしてもらっては困る。

兄の実力を内心鼻高々に思っていれば、死に瀕《ひん》しているはずの魔王から、おかしな言葉が聞こえてきた。

「……羨ましいな。私もお前の特別になりたい」

「え？」

羨ましいって、なに？

「きさま！　……今すぐ死ね！」

突如兄が、魔王にとどめを刺すべく剣を振り上げた。

魔王は、フッと笑う。次の瞬間その体がキラキラと輝きはじめた。

「――――え？」

躊躇《ちゅうちょ》なく兄が剣を振り下ろすのと、魔王の体からカッ！　と光が弾《はじ》けるのが同時で、兄の剣は空を切る。魔王の姿はその場から消え失せてしまったのだ。

——えっと……魔王、どこ行った？　目をパチパチとしていれば、上着の裾をツンと引かれる。

「え？」

見れば、もみじみたいな小さな手が私の服をキュッと摑《つか》んでいた。その手を視線で辿れば、そこにはとんでもなく可愛い五歳くらいの男の子が立っている。肩口で切り揃えた黒い髪と大きな黒い瞳。白くて柔らかそうなほっぺはプニプニで、紫の唇はプルプルだ。

そして、子どもの頭の両側には、おもちゃみたいに小さな巻き角がついていた。

「——まさか……魔王？」

おそるおそる尋ねれば、子どもはコクリと頷く。

「いかにも。かなり力を削られたのでな、このような姿になってしまった」

声と口調はこれまでの魔王と変わらなかった。しかし……外見が幼すぎる！

——どうしよう？　キュンキュンするんだけど！　これが、噂のギャップ萌《も》えだろうか？

「絶対違うだろう！　きさま、わざとだな！」

叫ぶなり兄が剣で魔王に切りつけてきた！

スッと避けた魔王は、今度は私の足にしがみついてくる。

「シロナから離れろ！」

「子ども相手に、大人げないぞ」

「どの口が、それを言う！」

兄は、器用に魔王だけを剣で狙い、魔王はそれを軽々と躱していく。

私の周りをクルクル回りながら繰り広げられる戦いに、こちらの目が回りそうだ。

「もうっ！　いい加減にして！」

ついに私は怒鳴った。

ピタリと動きを止める二人。

「とりあえず、兄さん、ステイ！　そして、魔王、あなたその姿、本当にわざとじゃないの？」

兄は、不承不承といった風に、待ての体勢に入った。

魔王は、幼子なのに尊大な仕草で首を縦に振る。

「勇者に心臓の九割ほどを消滅させられたのでな。体を小さくしなければならないことは、事実だ」

――――その言い方。

「意図して隠している事実は、なに？」

魔王は、目を泳がせた。

「兄さん、そいつを切り捨てていいわ――――」

「待て！　待て！　待て！　言う！　言うから、待てっ！」

魔王は、焦ったように私たちを止める。大きくため息をついて前髪をかき上げた。

五歳児なのにそんな仕草が色っぽいとか……反則だと思う。

「体を小さくしなければならないのは本当だが、特にこの姿でなくともいい」

「……具体的には？」

「魔獣や魔物の幼体の姿でも大丈夫だ」

そう言いながら魔王は、ポン！　と姿を変えた。現れたのは魔腮鼠の子どもだ。ただし小さな巻き角つき。

どう見ても角のある赤ちゃんハムスター（ただし、大きさは子豚）にしか見えないモノが、つぶらな黒い瞳で私を見上げてきた。

「ぐっ……鳳魔凰でもいけますか？」

「……フム」

再びポン！　と音がして、現れたのは極彩色の……ヒヨコ。やはり頭の両脇には小さな巻き角がついている。

「採用！」

思わず私はサムズアップした。

「シロナ！」

「だって、可愛いんだもん！」

可愛いは正義だ。そう思う。

私はヒヨコを両手ですくい上げた。頬ずりしたくなるのをなんとか我慢する。

「……二度と人間に手だしをしないと誓う。お前の言うことにはなんでも従う。……だから私をお前の側に置いてくれ！」

ヒヨコが、つぶらな瞳をひたと向けて頼んできた。

もうそれだけで「うん」と頷きたくなる可愛らしさである。だが、私の衝動を寸でのところで止めてくれたのは、兄の怒声だった。

「そんな言葉、信用できるか！」

「お前の信用は必要ない。私が得たいのは、彼女の信用だけだ」

「――――こいつ！」

カッとなった兄は、ヒヨコに剣を向けてくる。

私は、慌てて両手でヒヨコを包みこんだ。

「シロナ！」

「兄さん、やめて。大丈夫よ」

とりあえず止める。

「……シロナ」

「わかっているわ。このヒヨコは魔王だもの。人類の敵で、信用なんてできようもない存在だわ」

私は、兄の目をしっかり見てそう話す。

「だったら――――」

「でも……いえ、だからこそ私には、魔王に確認したいことがあるの。兄さん、この魔王は私に任せてちょうだい」

兄は、迷っているようだった。

「……危険だ」

「ええ。でも兄さんが私を守ってくれるんでしょう？」

「それは、もちろん守るけど――」

「よかった。だったら安心ね」

私の言葉に兄はギュッと唇を噛む。

「わかったよ。……僕は、シロナには勝てないからね」

ついにはそう言ってくれた。

「ありがとう。兄さん」

両手でヒヨコを持っているため手の使えない私は、兄の胸にグリグリと頭を擦りつけて、感謝の意を表わす。

「………………羨ましい」

ポツリと聞こえた声に、両手を開いた。

そこにいたヒヨコが、ジッと私を見つめてくる。

私は……覚悟を決めた。

「あなたを側に置くかどうかを決めるために、教えてほしいことがあります」

「なんでも答えよう」

ヒヨコの魔王は即座に頷く。

私は、深く息を吸った。

「もしも、今ここであなたが死んだとしたら、次の魔王はすぐに生まれますか?」

私の問いを聞いたヒヨコは……パチパチとまばたきした。

「……そんなことを聞かれるとは思わなかったな」

「大事なことですから」

「フム」

魔王は、少し間をあける。

「……そのとおりだ。私の死と同時に、次代の魔王が魔国のどこかに誕生する」

やっぱり、そうなのか。

「その魔王は、あなたの記憶を引き継ぎますか?」

ヒヨコは、もう一度まばたきした。なぜか羽の中に嘴を突っこみ羽繕いをはじめる。

「聞き方を変えましょうか? あなたには、あなたの前の魔王の記憶がありますよね?」

ヒヨコは、ピタリと動きを止めた。やがて羽の中から頭を上げる。

「そうだ。……だが、なぜわかった?」

「あなたは、兄に会ったとき『此度の勇者』と言いました。その前に、私を連れてきたオルガにも『此度の勇者』と発言していましたし――」

聞いたときはまったく気にせず聞き流したのだが、よくよく考えたら少しおかしな言い方だなと思ったのだ。

『此度の勇者』ということは、『それ以外の勇者』も、この魔王は知っているのではないかと思い至った。

「よく聞いているのだな」

「このくらい普通ですよ。――――魔王は、代々の記憶を引き継いでいる。それで間違いないですね？」

「…………………ああ」

魔王は、肯定した。

その瞬間、私の中にずっとあった疑問がストンと腑《ふ》に落ちる。ああ、やっぱりそうなのか。

「先ほど私が話した、私の持つ強い者を惹きつける力のことを、あなたは知っていましたよね？」

私の言葉に兄がビクッと震える。あの日、私と王兄殿下の話を盗み聞きしていた兄も、この話は知っているのだ。

「……………………ああ」

やはり、否定の言葉はヒヨコの嘴から紡がれない。

「それで、その力を持つ者を手に入れようとしたのですか？　……生まれたばかりの私を狙い襲撃させたのは、あなたですね？」

力を持つ者を無条件で惹きつけ、その者の力を大きく育てる人間。そんな人間がいることを知っていれば、魔王がそれを欲しないはずがない。きっと魔王は繰り返される人間との戦いの中で、その存在を知ったのだろう。……そしておそらく、人の国の女王の系譜にその力が引き継がれていることも。

「そうだ」

魔王は、あっさりと肯定した。

――やっぱりそうよね。おかしいと、思っていたのよ。

私――女王の娘が狙われた事件の黒幕は、誰もが女王の妹だと思っている。国民すべて、なんなら実の娘のバルバラでさえ犯人は自分の母だと思っているふしもあるほどだ。……しかし、未だ犯人は捕まっていない。これだけ怪しいと思われているのに、女王の妹は拘束すらされていないのだ。

つまり、どれだけ調べても彼女が企てたという証拠が出ないのだろう。よほどうまく隠蔽したのだと思っていたのだけど……もしも、そんな証拠がそもそも存在しないのだとしたら？ 犯人が女王の妹でないのなら、どれほど疑われていたとしても、証拠など出てきようがないのである。

そして、女王の妹が犯人でないのなら真犯人は別にいるはずだ。

犯罪――しかも、一国の女王とその娘を狙うほどの事件を起こすのならば、そこには強力な動機がある。今までそれほどの動機を持っているのは、女王に娘さえいなければ自分が女王になれる妹だけだと思っていたけれど。もしも、魔王が女王の血筋に潜む能力を知っていたとしたならば、魔王にも十分な動機があることになる。

私は、ジッとヒヨコを見た。聞きたいことが、まだあるからだ。

「襲撃を受けた母が、私を危険から逃すために転移させるかもしれないことを、あなたは予想していましたか？」

襲撃する前に下調べをしたであろう魔王が、母が転移魔法を使えることを知っていた可能性はかなり高い。

魔王は、もう悪びれなかった。「もちろん」とすぐに肯定する。

「その場合かなりの確率で、赤子の転移先がこの世でもっとも強い者の元になるだろうという予測も立てていた。転移魔法を使う母親が選ぶにしろ、生まれたばかりの赤子が無意識に選ぶにしろ、己を守る強者《つわもの》に庇護を求めるに違いない。――私は、当然自分が選ばれると思っていたのだがな」

魔王の口調に苦いモノが混じる。

「……………ひょっとして、私の住んでいた村のあたりに強い魔獣がいたのって、あなたのいやがらせですか？」

「あの程度の魔獣にてこずるような相手が、私をさし置いて選ばれるはずがないからな。……いやがらせなどではない、ちょっとした小手調べだよ」

――間違いなくいやがらせだっただろう。まあ、鳳魔凰は美味しかったので、かまわないけれど。

策を練り実行し、満を持して待っていた魔王の元に、私は現れなかった。母が望んだのか、それとも私が望んだのかは不明だが、私は辺境の村に暮らすたった三歳の子どもの元に転移したのだ。

――いやきっと、私自身が兄を選んだに違いない。なぜかそう確信できる。

「さすが私、見る目があるわ！」

自信満々にそう言った。

「……シロナ？」

「私は、出会う前から兄さんが大好きだったってことよ」

うん。概《おおむ》ね間違っていないと思う。

兄の顔が、クシャリと歪んだ。

「シロナ、シロナ、シロナ！　僕も大好きだよ！」

「うん、知ってる」

ギュウッと兄が私を抱き締める。

私は、手の中の魔王を潰されないように必死で守るのに一生懸命だ。

その後、ようやく落ち着いた兄の目の前に、私はヒヨコを突きつけた。

「というわけで、この魔王は私と兄さんで面倒をみることになりました！」

「え？　待って、待って、待って、シロナ！　なにが『というわけ』なの？」

兄は、混乱顔。

「もうっ、聞いていなかったの？　兄さんったら。……いい？　この魔王を今この場でプチッと殺っても、別の場所で同じ記憶と力を持った新たな魔王が生まれるだけなのよ。まあ、その新生魔王が大きくなってまた人間の国に攻め入ってくるまでには、また百年くらいかかるのかもしれないけれど……それより目の前のこの魔王を未来永劫《えいごう》飼い殺しにする方が、世界的には平和になると思わない？」

魔王が前世の記憶と力を持って転生する生き物ならば、これまでに何度魔王討伐を成し遂げても歴史が繰り返されてきたのも頷ける。この魔王を殺しても同じ歴史が繰り返されるだけだろう。

ならば、この辺で断ち切るのもひとつの手ではなかろうか？

「……飼い殺しとはひどいな」

「なんでもするから私の側にいたいって言ったでしょう？　飼い殺しにされるくらいで文句を言わないでください」

ヒヨコから上がった恨み節を、私はピシャリと遮った。

「僕は、百年後なんてどうでもいいから、今この魔王をプチッと殺《や》りたいんだけどな」

兄は、相変わらず魔王を憎々しげに睨んでいる。

「まあ、それはそれで魅力的な案なんだけど……後からいろいろバレて非難されたらいやでしょう？」

「黙っていればわからないよ」

「壁に耳あり障子に目あり、なにより転生できる魔王には口封じができないのよ」

私が肩を竦めれば、兄は悔しそうに黙った。

――――たぶん、説得できたかな？

「じゃあ、兄さん、さっさと帰りましょう。まずはアレンさんたちと合流して王城へ。それから、私たちの村へ」

兄は、驚いたように私を見る。

「僕たちの村？」

「もちろんよ。父さんも母さんも、みんな私たちを待っているわ」

私の帰る場所は、いつだってあの村だ。

――まあ、その前に、ちょっといろいろ面倒事がありそうな気もするけれど。

でも大丈夫。私には、魔王を討伐した勇者な兄がついているのだから。いざとなれば、兄をけしかけると脅せばなんとかなるだろう。

兄は――泣きそうな顔をしていた。

「うん。うん。帰ろう。シロナ」

「ええ、兄さん！」

兄は、やっぱり泣きだした。

本当。泣き虫なシスコン兄である。

第七章　魔王を倒したその後は

その後、魔王は全世界に向けて敗北宣言をした。

勇者に負けて全面降伏をすること、今後二度と人間国に侵攻しないこと。それらを約して、魔国と人間国の間で平和条約を結びたいと発したのだ。


そうすることが決められたのは、再建された魔王城の中。

なんと、小さな子どもとなった魔王は、短い指のひと振りで、兄によって消滅させられた魔王城を、あっという間に復元させてみせた。

「ほら、そいつは元の姿に戻れないなんて言いながら、自分の城は簡単に元に戻せるんだ。力が弱くなったというのは、シロナの気を引くための嘘に決まっている。そんな奴、サクッと殺して早く家に帰ろう」

兄は魔王に不信感丸出しの視線を向ける。

――もうっ兄さんったら。たしかに魔王の力はすごいけど、それくらい兄さんだって簡単にできるでしょう？　警戒する必要なんてないのに。

兄の言葉を聞いた可愛い幼児姿の魔王は、眉間に深い縦じわを刻んだ。

「この程度の城の再現と高純度の魔力の結晶である私の体の再生を、同レベルで語らないでほしいな。城のひとつやふたつ建てる魔力では、私の爪一枚再生できぬのだぞ」

――――それって。

「……ずいぶん燃費の悪い体なのね」

私は呆れてそう言った。城ふたつでも爪一枚にならないなんて、非効率極まりないじゃない。

兄は、そうだそうだと大きく頷いた。

「こんな金のかかりそうな奴、やっぱり捨てていこうよ」

それもいいかも？　と、一瞬私が思ってしまったのも仕方ない。コストパフォーマンスは大切だものね。

そんな私の心変わりを感じとったのか、魔王はワタワタと慌てはじめた。私の側にトテトテと駆け寄り、ポフンと音を立ててその身を鳳魔凰のヒヨコに転じる。

「す、捨てないで！」

嘴を大きく開き赤い口の中を見せて、ピヨピヨと騒ぎ立てた。どうやら私を親鳥に見立て、給餌行動を誘っているらしい。

魔王の威厳など欠片もない姿だけど……まあ、可愛いからいいか。

必死に私に縋るヒヨコ魔王を、少し離れたところにいる魔族数人が、複雑な顔で見ていた。

彼らは、生き残った魔族の中でも地位と力のある者たちなのだそうだ。魔王城の再建と同時に魔王がこの場に問答無用で呼びだして、敗北宣言に伴う実務をさせている。

ちょっとかわいそうな気はするけれど、魔国は魔王の独裁国家。兄に負け力を大きく削がれたと言いながら、魔王は城を再建するわ魔族を呼びつけるわの好き放題。彼らに逆らう術《すべ》などないだろう。

そんな適当な感じで、魔国の敗戦処理を一部の魔族に押しつけた私たちは、さっさと魔王城から立ち去ることにした。どのみち勇者一行に任せられたのは、魔王討伐のみ。その後のことは国と国との問題のはずだ。

魔王城のやたら立派な城門を出て、城以外なにもない荒野をスタスタと歩く兄と私の後ろを、可愛い角つき子単眼熊になった魔王がポテポテとついてくる。

「……残らなくてよかったんですか？」

「私は敗者だからな。敗者が勝者の捕虜になるのは、世の理《ことわり》だ」

「別に捕虜なんていりませんよ」

「私を捨てないでくれ！」

あっという間に鳳魔凰のヒヨコに転じた魔王は、ピヨピヨ鳴いて縋ってくる。

――ちょっと！　もう、わかったからやめてちょうだい。じゃないと、兄さんの殺気がただならなくなっちゃうんだから！

「兄さん、アレンさんたちの居場所はわかる？　早く合流したいんだけど」

魔王から兄の注意を逸らそうとしてそう言えば、兄は不機嫌そうに首を横に振った。

「わからない。……人間国に帰れと言ったから、帰ったんじゃないのかな」

気配察知に優れた兄が、いくら離れていてもアレンたちの居場所がわからないはずはないし、それに「帰れ」と言われたくらいで、勇者一行の仲間たちが魔国を離れるはずもない。

私は、ジトリと兄を睨んだ。

「嘘つく兄さんは嫌いになるわよ」

「そんな！　シロナ――――」

慌てて言い訳をしようとする兄の前に、ヒヨコが一匹しゃしゃり出る。

「フム……捜しているのは、この者たちかな？」

魔王がそう言った途端、ボン！　と音がして、その場にアレン、バルバラ、ノーマン、そしてローザが現れた。突然見知らぬ場所に連れてこられた彼らは呆然としている。

「余計なことを」

ポツリと呟いた兄は、魔王をジロリと睨んだ。

どうやら魔王は魔族だけでなく、見知らぬ人間の転移もできるらしい。城の復元といい、魔族や人間を自由自在に転移させられることといい……本当に、魔王は元の姿に戻れないの？

私が怪しんでいるうちに我に返ったのか、アレンたちが騒ぎだした。

「ここは……どこだ？」

「さっきまで、城なんて見えませんでしたわよ！」

「荒野は荒野だが、空気が違う！」

周囲を見回し、次々と驚きの声を上げるアレンとバルバラ、ノーマン。そして彼らは、私たちに気がついた。

「クリス！　シロナさん！」

「嬢ちゃん、無事だったんだな」

「シロナさん、よくご無事で！」

口々に叫びながら駆け寄ってくる三人。

「みなさんも無事でよかったです」

「もうっ、もうっ、あなたがいなくなったとわかったときは、どうしようかと思いましたわ」

「クリスは、暴走してしまうし」

「おかげで、世界の終わりを見たぞ」

彼らも苦労したのだろう、汚れた顔にホッとした笑みを浮かべている。

――――あと、どことなく達観した雰囲気があるような気がするわ。どこがどうとは言えないんだけど、なんとなく彼らには、驚いていながらもそれに揺るがない芯があるように感じる。

「みなさん、なにかありました？」

私が聞けば、三人とも苦笑した。

「まあ、な」

チラリと兄に視線を向けるノーマン。

「でも、私は諦めないよ」

アレンは覚悟を決めたようだけど、いったいなにを諦めないのだろう？

「……私たちより、シロナさん、あなたですわ！　いったいなにがあったのです？　……それに、その見かけは可愛いヒヨコなのに、禍々《まがまが》しい気配を纏うモノはなんですか？　一切合切白状なさって！」

さすが聖女というべきか、バルバラは魔王の気配に気づいたらしい。私にズズィっと近づいて、事情を教えろと迫ってくる。

――まあ、黙っているわけにもいかないわよね。

そう思った私は、自分が攫われてから起こったことを、三人に説明した。誘拐犯がローザだったことも、ローザがそんなことをした理由――実は、魔族の血を引いているってことも。

あ、もちろん私が強い力を持つ者を惹きつけるということは、内緒にしたけれど。そんなことを話したら、女王の力を知るアレンが、私の正体を見破ってしまうかもしれないもの。代わりに魔王は、私に攻撃されて一目惚れしてしまった変態《マゾ》になっちゃったけど……仕方ないわよね？

私の話を聞き終わった三人は、なんとも言えない表情で魔王の転じたヒヨコに視線を向けた。

「……これが、魔王」

「さすがクリスだな」

「いいえ。そこはさすがシロナさんと言うべきでしょう。魔王まで魅了してしまうなんて、やはり私のシロナさんだけありますわ！」

「誰がお前のシロナだ！」

バルバラの言葉に、兄が突っこみを入れる。

いつもどおりのやり取りに、フッと笑いが漏れた。今さらながら魔王を退治したんだなぁという実感が湧いてくる。

穏やかな気分になって……だから、もういいかと思った。

私は、これまでの会話に加わらず、離れた場所でずっと震えているローザに視線を向ける。

目が合ったローザは、青い顔をますます青くした。

「……シロナさん」

「ローザさんも、無事でよかったです」

そう言って笑いかければ、ローザの目から大粒の涙がこぼれだす。

「……す、すみません！　どんなに謝っても許してもらえないと思いますけど……それでも……すみません！　本当にごめんなさい！」

その場で膝を突いたローザは、頭を地に擦りつけ謝罪した。いわゆる土下座の体勢で、正面切ってやられると、ちょっと居たたまれない。

アレン、バルバラ、ノーマンも、びっくり顔で固まった。

ローザは、顔をうつむけたままなおも謝罪を繰り返す。

「すみません！　そして……ありがとうございます！　シロナさんのおかげで、魔国は滅びずに済みました！　私はあんなにひどいことをしたのに、助けてくださるなんて……本当にありがとうございます！」

何度も礼を繰り返し、ズリズリと地面に額を擦りつけるローザ。きっとおでこは赤くすりむけていることだろう。

――いや、魔王は倒して幼児化させちゃったし、魔国の領土も兄さんの暴走のせいで二～三割くらいは消失しちゃったみたいだけど……これって、助けたってことでいいのかな？

「えっと……大丈夫ですよ。それほど危険な目には遭いませんでしたし、兄さんもすぐ来てくれましたから」

それ以上土下座を見ていられなくなった私は、ローザを許す言葉をかけた。

バッと顔を上げたローザは、ブワッと涙を溢れさせる。――案の定、額は砂と血塗《ちまみ》れだ。

「こんな私に優しくしてくださるなんて！　……シロナさん、いえシロナさま！　私、一生シロナさまについていきます！」

叫んで立ち上がるなり、バタバタと一直線に走り寄ってこようとする。

「止まれ！」

しかし、そんなローザを兄が一喝して止まらせた。魔法で氷柱まで作りだし、ローザの足先にガガッ！　と突き刺し威嚇する。

「キャッ！」

「シロナを危険にさらした奴を、僕が近づけさせるわけないだろう」

冷たく睨まれたローザは、ガタガタと震え腰を抜かした。

そんな彼女に手を差し伸べたのは、意外にもバルバラだ。

「まったく、みっともない顔ね。ほら、さっさとお立ちなさい。あなたのしたことは愚か極まりないことだけど……しっかり反省したのならそれでいいわ。なによりシロナさんが許しているのだから、私たちは受け入れるだけよ。……あなたも勇者一行のメンバーならば、このどん底から這《は》い上がってみせなさい。そしてシロナさんにしっかり恩返しするのよ！」

「……バルバラさん」

思いも寄らぬ相手から言葉をかけてもらい、ローザが驚き目を見開く。

もちろん私も驚いた。バルバラにこんな優しい一面があるなんて思わなかったから。

どうやらそれは私だけではなかったようで、アレンやノーマンも信じられないという表情を浮かべている。

兄は、私を背中から抱き締めてきた。どうやら私がローザたちに興味を示しているのが気に入らないようで「シロナ、僕を見て」と囁《ささや》いてくる。安定のシスコン兄だ。

「兄さんも、これ以上ローザさんをいじめちゃダメよ」

「……いやだけど、シロナがそう言うなら我慢する」

わしゃわしゃと髪をなでながら言い聞かせれば、ムッとしながら約束してくれる。

これで、たとえ今回の件で兄自身がローザを殺したいほど嫌ってしまったとしても、私が望まぬ限り手はださないはずだ。…………うん。たぶん、きっと。

「さあ、それじゃ帰りましょう」

私の言葉に、全員が頷いた。

こうして帰路についた私たちだったけど、やはり問題となるのは魔王の存在だ。

「実際この目で見ていても、なかなかシュールな光景だね」

「それが魔王だなんて、信じられませんわ！」

「夢だったらよかったんだがなぁ」

歩きはじめてものの五分も経たないうちの、アレン、バルバラ、ノーマンのセリフである。

三人とも適応力がなさすぎだろう。

「別に私は、シロナにだけ信じてもらえれば、他はどうでもかまわぬぞ」

チラリとひとつ目をアレンたちに向けたテディベアは、心底どうでもよさそうだ。

すかさず兄が、テディベアをむんずと掴み上げた。

「シロナを呼び捨てにするな！」

「私は、未だかつて他人に敬称をつけたことはない」

「だったら、そのはじめての相手をシロナにしろ！　僕と両親以外がシロナを呼ぶときには、『さん』か『さま』か『ちゃん』をつけるのが、世界の常識だ！」

――そんな常識、どこにもない。

「…………では『シロナちゃん』で」

「却下！　『さん』にして！」

私がそう言えば、テディベアは「え～」と不満そうな声を上げる。

「あ、私も『シロナちゃん』と呼びたいな」

「図々しいですわよ！　『シロナさま』とお呼びなさい」

「俺は、今までどおり『嬢ちゃん』でいいよな？」

魔王の希望を私が却下したのに、アレンやバルバラ、ノーマンまでも勝手なことを言いだすから、この場は大混乱だ。

「……私は『シロナさま』とお呼びしますから！」

私たちから数メートル離れて後をついてきているローザが、力強く宣言した。

「できれば、みなさんには『さん』づけでお願いしたいです。私もそうしますので」

私は、自分に対する呼び方について、そうお願いする。本当は呼び捨てでも全然かまわないのだけれど、兄がそれを許さない限りできっこない。

「え～？　俺は『嬢ちゃん』でいいだろう？」

ブツブツ言うノーマンにはかまわず先を急ぐことにした。なにせ、もうすぐ人間国なのだ。きっとあと一日もすれば、星型要塞の高い外壁が見えるに違いない。

――――そこには、面倒事が待っているんだろうな。なんなら、隻眼美丈夫のイケオジが待ち構えているような気さえする。そんな暇人じゃないと思いたいけれど……いや、私の件は、王国の最優先事項かもしれないし。

う～んと考えこんでいれば、兄が側に寄ってきた。

「……シロナがいやなら、要塞になんて行かなくてもいいよ」

そんなことを言ってくれる。

やっぱり兄は、最高のシスコンだ。

「兄さん――――」

「僕なら、ここから村までひとっ飛びで帰れるからね」

たしかに兄なら簡単なこと。魅力的なお誘いに心が揺れる。

でも……だからこそ、私は首を横に振った。

「ううん、兄さん。それは問題を先延ばしすることにしかならないもの」

「だったら、問題そのものをなかったことにしてあげるよ。シロナのいやなものは、僕が全部壊してあげる」

兄なら、本当にそうしてしまいそう。

「――――私、逃げるのはいやなの」

これは、本当のことだ。兄に守られっぱなしで、いやなことや面倒なことに面と向き合えないような人間にはなりたくない。

「シロナ！　……どうしよう？　僕のシロナがカッコよすぎる！」

兄は、本気で感動していた。クネクネと身悶えるシスコン兄は、ちょっと気持ち悪いけど、それも私を好きすぎるせいだと思えば、我慢できないこともない。

「それより、少し早いですけど、ここで一泊しませんか？　今晩早く休めば、明日の早朝に出発して夕刻までには魔国を出られるはずです」

私は全員に声をかけた。

「そうだね。そうしようか」

「賛成ですわ。もう魔獣に襲われる心配もありませんし」

「私がここにいるのだ。当然であろう」

アレン、バルバラ、魔王から次々と声が上がる。

行きは終始魔獣に襲われてばかりの旅路だったが、帰りは至極平穏だ。魔王が全面降伏をしたために、私たち勇者一行に刃向かう魔族はいなくなったし、あまり知能の高くない野生の獣同然の魔獣たちも、魔王の気配に怯えてかかってこなくなったからだ。

とはいえ、食事にするための獲物が必要なのは、行きも帰りも変わりない。

「私、シロナさまに夕食用の魔獣を捕ってきて捧げます！」

「俺もひとっ走り狩りに行ってくるわ」

ローザとノーマンが、獲物の調達に名乗りを上げる。

――ローザ、『さま』呼びはやめてって言ったでしょう。

「シロナの口に入るモノは、僕が捕るに決まっているだろう！」

「あら、私の方が美食家ですもの。一番美味しい獲物がわかるのは、私ですわ」

兄とバルバラが張り合うのは、いつもどおり。

「よし！　みんな競争だ！」

ノーマンの声を合図に四人は駆けだした。あっという間に姿が見えなくなる。

残ったのは、私とテディベアならぬ魔王とアレン。

根っからの怠け者である魔王が残るのは、通常運転なのだが、アレンが行かないのは珍しい。

「アレンさん、体調でも悪いのですか？」

「いや、そんなことはないんだけど……ただ。もうすぐ魔国を出るなと思って」

たしかに明日の夕刻には、国境を越える。それは間違いない事実だが、アレンの言いたいことはそんなわかりきったことではないだろう。

問いかける代わりに視線を向ければ、彼は躊躇うかのように目を逸らし……やがて、覚悟を決めたように見返してきた。

「……人間の国に戻れば、私は一国の王子に戻る」

なぜか、そんなことを言いだす。

「アレンさんは、今でも王子さまですよ」

「うん。そうだけど、そうじゃなくて。……なんと言ったらいいのかな？　魔王という脅威の前では、私たちは身分を超えて仲間だったよね？　王子なんて地位は、なんの役にも立たなくて、私はアレンという名のひとりの騎士でしかなかった」

たしかにそれはそうだ。魔国で人間の王子の権威が通じるはずもなく、アレンがここまで来られたのは騎士としての努力の賜物であり、私たちが一緒に戦ったのは、王子のアレンではなくただの騎士のアレンだ。

私が「そうですね」と頷けば、アレンは言葉を続けた。

「でも、明日人の国に戻ったら、君たちは私を王子という身分の人間として扱わざるをえなくなる。……なにより私自身が王子として振る舞わなければいけなくなるからね」

アレンは残念そうに話す。

しかし、それは仕方のないことだし、わかっていたことでもある。それに、今となってはそんなことで、私たちの関係性が根こそぎ変わってしまうわけではないと思うけど？

「でも、アレンさんはアレンさんでしょう？」

だから私はそう言った。たとえ身分の差ができても、私たちの絆《きずな》はそうそう崩れるものではないはずだ。

アレンは「もちろん」と大きく頷いた。

「私は私だよ。変わるつもりはないし、周囲にもしっかりそう伝える。……ただ、私の言葉がシロナさんに、ある程度の強制力を持ってしまうのも、またどうにもならない事実なんだ」

それって、王子の言うことに私が気軽に反論とかできなくなるということかな？　正直、その辺は、今後の私と王兄殿下との話し合い次第だけど。

アレンは、まだ私が自分の妹かもしれないことは知らない。知っているのは、兄さんとたぶん魔王だけで、他の誰にも言っていないから当然だ。だからアレンは、平民の私が王子に遠慮するようになると思っているのだろう。

「……まあ、でもそれは仕方のないことですよね？」

「そうなんだけど。……私は、君にそんな気兼ねをせずに答えてもらいたいことがあるんだ」

アレンは、そう言ってギュッと拳を握り締めた。

――――気兼ねなく答えてほしいって、いったいなにに？

「私の答えですか？」

「うん。……………シロナさん。私は、君を愛しているんだ！」

アレンは、大きな声で叫んだ。

おかげで、聞き間違いようもなく耳に届く。とはいえ、聞こえるということと、それを理解できるということは、イコールではない。

――――え？

私は、ポカンと口を開けた。ちょっと、この人、なに言った？

理解が追いつかず言葉を失う私に対し、アレンは矢継ぎ早に告げてくる。

「私も最初はごくごく軽い気持ちだったんだ。君が可愛いなと思って、君のような妹がいたらいいなと思ったけれど、でもそれはちょっとした好意で、そんなに重いものでも真剣なものでもないと思っていた。……そのときから、バルバラ嬢やノーマンは、私が君に恋愛感情を持っていると言ってきていたけれど、私は違うと思っていたんだ。愛や恋だなんて思いもしなかったんだよ」

アレンは、口早になる自分を抑えるように、握った拳を胸に当てる。

「だけど、旅を続け戦いを重ねていくうちに、私はどんどん君に惹かれていった。君に見てほしくって、君に認められたくって、ずっと君の側にありたいと思うようになったんだ。君が攫われて、追おうとしたところでクリスに切り捨てられ……彼との力の差に絶望したけれど……それでも私は君を追うことを諦められなかった。……そして君に再会して確信したんだよ。私は、君の特別になりたい！　君の近くにいたい！　……こんな願いは、愛している人にしか抱かないものだろう？　……私は、君に恋してしまったんだ！」

アレンは、真剣な表情で私を見る。

――――いや、そんなことを急に言われたって困るし。それに、それって例の女王の血の力じゃないのかな？　力の強い者を惹きつけ、成長させる力が私にあると、王兄殿下は言っていた。そして、アレンがその影響を受けているのだとも。

アレンの気持ちを否定するわけではないけれど……でも、きっと彼の想いは、愛だの恋だのではないはずだ。それに、よしんばそうだとしても、私はアレンの気持ちに応えられない。だって、私とアレンは――――。

そこまで思ったときだった。急に近づく気配に、私はハッ！　とする。

「危ない！」

そう叫んだ私は、急いでアレンに駆け寄った。

「殺す！」

直後、響いた兄の声。突如この場に現れた兄が、躊躇なくアレンに斬りかかる。

ガキン！　と派手な衝撃音がして、腕にジンとしびれが走る。

私はギリギリで兄の剣を受け止めた。

「……え？」

呆《ほう》けた疑問の声がアレンから上がる。

「兄さん、アレンさんを傷つけちゃダメよ！」

不要な殺人、ダメ！　絶対！

「だって、シロナ！　こいつが、お前に告白なんてするから！」

「だからって、即排除しようとしちゃダメに決まっているでしょう！」

告白したぐらいで、その人間を攻撃するのはやりすぎだ。

「アレンさんを攻撃したら、もう一生兄さんと口をきいてあげないから！」

私は兄を押しとどめる決定的な台詞を放つ。

兄は、ガ〜ン！　と、この世の終わりを見たような顔をした。

「そんな……シロナ、どうしてそいつを庇うんだ？　……まさか、そいつを好きになったんじゃないよね？」

いやいや、それだけはあり得ないから！

「違うわよ！　っていうかアレンさんは好きだけど、兄さんの言う好きとは違うものだから！」

「……やっぱり好きなんだ」

「違うって言っているでしょう！　どうして話を聞いてくれないの？」

「……シロナが、好きって……好きって……ああ、どうしよう？　やっぱり、殺すか？　殺すしかないよな？」

兄はブツブツと呟きはじめる。私のことに関しては、冷静さも正常な判断も、全部すっぽ抜けるのはどうしたものか？

「もうっ！　兄さんったら！　――私が、アレンさんを恋愛感情で好きになるなんて、絶対あり得ないことなのよ！　だって、アレンさんは、私の本当の兄さんなんだから！」

ついに私はそう怒鳴った。このままでは確実に兄――もちろんクリスの方が、殺人犯になるからだ。

「え？」

「え？」

兄とアレンが、そっくり同じ動作で私を見てくる。

「私が、シロナさんの兄？」

アレンは、呆然とした。

「そうです！　私は、赤ちゃんのときに城から飛ばされたあなたの妹です！」

本当はアレンには言わないつもりだったけど、こうなってしまったら仕方ない。

「……君が、私のトリー？」

アレンは、泣きだしそうな顔で聞いてきた。

トリーというのはわからないけれど、きっと私の本名かその愛称なのだろう。

急いで頷こうとしたけれど、それより早く兄が私の前に飛びだした。

「シロナはシロナだ！　それにシロナの兄は、僕だけだ！」

まるで毛を逆立てた猫みたいに、兄はアレンを威嚇する。

「――えっと？　兄さんは、王弟殿下と私との話を立ち聞きして、私が女王の娘だってことは知っているのよね？　なんで、今知りました！　みたいなショックを受けているの？」

「血のつながりなんて関係ない！　シロナが兄と認めてくれるのは、僕だけだ！」

兄は、血相を変えてそう叫んだ。

――ああ、はいはい。そういうこと。

「そうよ。私の兄さんは兄さんだけだわ。でも、それとは別に、アレンさんと私の血が繋がっているのは間違いないみたいなの。だから、私はアレンさんの気持ちを受け入れられないのよ」

これなら兄も納得してアレンを殺そうとしなくなるはず。

「……本当にトリー？　私の妹？」

アレンは、まだ混乱中だけど。

「シロナの兄は、僕だけだ！」

――あ、また兄さんは、さっきの台詞に戻ってしまった。まさか、もう一度同じやりとりをしなきゃならないの？　エンドレスで繰り返すとか……ないわよね？

不安になったところに、救いの声が聞こえてきた。

「――急にクリスさんが引き返すからなにかと思えば……そういうことでしたのね」

現れたのはバルバラで、彼女の後ろにはノーマンとローザも立っている。

「みんな――」

「シロナさん……あなたは、私の従姉妹《いとこ》だったのですね？」

すっかり話を聞かれてしまったらしい。

「まさか、嬢ちゃんが失われた王女さまだったとはな」

「シロナさま……さすがです」

驚いた風なノーマンと、なにやら感動しているローザ。

「シロナは、僕の妹だ！」

そして兄は……変化なし。

もう、どうしようかと思っていれば、兄の前にバルバラが進み出た。

燃えるような赤髪の美少女は、兄に思いっきり呆れた目を向けている。

「……相変わらず視野が狭いのですね。今の話は、あなたにとって幸いでしょうに。……勇者さま、あなたって、兄と妹は一生一緒にいられないことを、わかっていないのかしら？」

「シロナは僕の妹だ！」

一点張りもここまでくると、感心する。

「ええ、そうね。……で、勇者さま、お聞きしたいのですが、あなたのお家のお父さまには妹さんはいらっしゃらないの？　もしくは、お母さまにお兄さまはいらっしゃるかしら？」

バルバラは、そんなことを聞いてきた。

兄と私の父――私にとっては育ての父は、男ばかりの三人兄弟の次男坊。姉も妹もいやしない。一方、母には兄がいた。同じ村で鍛冶屋をしていて、私や兄にも優しい伯父さんだ。

思いも寄らぬことを聞かれた兄は、訝《いぶか》しそうにバルバラを睨んだが、それでもきちんと返事する。

「……母方の伯父がいるが」

「そう。それでは、その伯父さまは、お母さまとご一緒に暮らしておられるのかしら？」

兄は、聞かれてハッとした。

もちろん母と母の兄は、別世帯だ。同じ村内とはいえ、会うのは週に一、二度くらい。

愕然とした兄の顔を見て、バルバラは得意げに笑った。

「もうおわかりでしょう？　兄妹は、全部が全部そうではありませんが、普通は互いに結婚して独立し別々に暮らすものなのです。つまり、あなたがシロナさんの兄である限り、いつかシロナさんは別の殿方と結婚し、その方と家庭を築きあなたから離れていってしまうのが、世間一般の常識なの！」

自分の左胸に左手を添えたバルバラは、高らかにそう言った。

兄は……ガックリとその場に両膝をつく。

「嘘だ！　……シロナが、いつか僕を捨てて他の男と出て行くなんて！」

ちょっと！　言い方！　それじゃ、まるで私が浮気して夫を捨てる妻みたいに聞こえるじゃない！

憤慨する私をよそに、バルバラはなおも兄にたたみかけた。

「あなたがシロナさんの兄でしかなければ、いずれ間違いなくそうなりますわ」

ホホホと楽しそうに笑う。

兄は、今度は両手を地面について項垂《うなだ》れた。昔懐かしいorzのポーズである。

しかし、ひょっとして、兄は今までその可能性を少しも考えなかったのだろうか？

それは、ちょっとショックだ。

――私は、少しは考えていたのにな。

このシスコン兄では、私の結婚なんて許すはずもないから、他の誰かと一緒になるなんてできっこないかな――とか。

同じ理由で、兄が私以外の人と結婚とかもありえないよね――とか。

その場合、幸いにして私と兄の血は繋がっていないから、私が兄をお婿さんにしてあげるしかないのかな――とか。

困ったシスコン兄だけど、きっと私にとってはいい旦那さんになるわよね――とか。

――本当に一ミリも考えたことないの？　ずっとずっと兄妹として暮らしていくのだと思っていたのかしら？

それはそれで、私ばかりが空回りしていたようで、居たたまれない。……魔火垂を見た夜にドキドキしていたのも、私だけ？

ちょっと落ちこんでいれば、兄の声が聞こえてきた。

「……シロナと僕は兄妹で、いつまでも一緒に生きていくのだと思っていたのに」

――やっぱり。兄さんって、本当にバカよね。

でも、地を這うような低い兄の声には、執念というより怨念のようなものが混じっていて、その想いの強さだけは疑えない。あまりに未練がましくて、どうにも情けない声を聞いた私は、ついさっきのショックを、仕方ないなぁと一旦脇に置いておくことにした。

――これが、私の兄さんなんだから。

「……兄さんは、妹じゃない私はいやなの？」

だから、私から話しかける。

「違う！　そんなはずないじゃないか！」

即座に返ってくるのは、全力の否定。

「シロナはシロナで、僕のたったひとりのシロナだ！」

――いや、兄さん、それわけわからないから。

本当に、もう苦笑するしかない。

「私も兄さんは兄さんよ。でも、ずっと一緒にいられないのはいやだから……兄さんでなくなってもいいかなと思っていたんだけど」

兄は、クシャリと顔を崩す。

「僕は、兄さんでなくなるの？」

そんなに不安そうな顔をしなくてもいいのに。

「ええ。兄さんじゃなくて、お婿さんでもいいかなって？」

兄は、ポカンと口を開けた。口だけじゃなく、綺麗な碧の目も限界まで見開かれている。

「え？　シロナ、それって――」

「兄さんは、私がお嫁さんじゃいや？」

兄は……言葉を失った。

「兄さん？」

言葉だけじゃなく、意識も失ったらしく、ピクリとも動かない。

もう、本当に仕方ないんだから。

「………………………お、お、お、お、お嫁さん!?」

しばらく待っていたら、ようやく復活した。

「ええ、そうよ。兄さんがお婿さんで私がお嫁さんなら、ずっと一緒にいられるでしょう？」

今度は、プルプル震えだす。

「本当？　本当に？　……僕がシロナのお婿さん？」

「ええ。私がお嫁さん。私と兄さんで、父さんと母さんみたいに、ずっと一緒に暮らしましょう」

プルプルプルプルプルプルプル――――。

「やったぁぁぁっ！」

ずっと震えていた兄は、突如歓声を上げて跳び上がった。ざっと十メートルくらいは、垂直跳びをしたのではなかろうか。

「やった！　やった！　やったぁぁっ！」

今度は、キャット空中三十回転。それも連続でクルクルクルクル回っている。

「……ちょっと、やめて兄さん。目が回る」

うっかり兄の動きを目で追いかけて、私の視界までクルクル回ってしまった。

「あ、ごめんシロナ！　つい嬉しくって。……僕らは、一生一緒にいられるんだね！」

「ええ、そう言ったでしょう、兄さん。兄さんは、それでいい？」

「もちろん！　よくないはずがないよ！　……シロナ、大好き、愛している！」

兄からの「好き」は、言葉でも行動でもいっぱいもらっているけれど……なんだか、ジンとする。

「私も好きよ、兄さん」

「シロナ～っ‼」

兄は、両手を広げて駆けてきた。

きっと私を抱き締めたいのだろうけれど、私にはその前にやることがある。

「ストップ！　兄さん、待て！」

片手を前に突きだし制止をかければ、兄はその場にピタッと止まった。

私は、体の向きを変えて、ずっと呆然としたままのアレンに目を向ける。

「――――ということで、アレンさん。私はあなたの告白には応えられません」

そう言った。

アレンは、ゆっくり私へと視線を合わせる。

その口が開く前に、私は言葉を続けた。

「だって、私はあなたの妹ですから。……アレンさんも、もう一度ご自分の気持ちを見つめ直してください。たぶんあなたの好意は恋愛感情ではないと思います」

他人の気持ちを勝手に決めつけるのはよくないが、兄のしつこいくらいの愛情を毎日浴びていた私の目から見れば、アレンの気持ちはなんとも淡泊に見える。

もちろん、兄を基準に考えるのが間違っているのは知っているのだけれど。

「……僕が、シロナさんの兄？」

アレンは、またそう言った。まだ混乱しているのだろう。

「はい。そうです。信じてもらえるかどうかわからないのですが。――――私には生まれたばかりの頃の記憶があって、その中で見た私の母は、女王陛下と同じ顔をしていたんです」

きっと、この説明がアレンには一番納得してもらえるはずだ。

私と同じ緑の目が、大きく開かれた。

「母と――――」

「はい。……私の記憶の中の母は、必死に私を逃がしてくれました」

「……そうか」

アレンは、下を向く。……やがて、ゆっくりと顔を上げた。

「君が、私の妹。…………そうだね。そう考えると、なんだかしっくりくるよ」

優しい笑顔を向けられて、私の気持ちも在るべき場所に収まったような安らぎを感じる。ドキドキはしないけど、トクトクと温かくって、ほんわかするような。

私とアレンが微笑み合っていれば、当然のように兄がそこに割って入ってきた。

「シロナは、僕の――――」

「はいはい、兄さん。落ち着いて。アレンさんは私の兄さんだから、兄さんの兄さんにもなるのよ」

――まったく嫉妬深いんだから。この説明は、自分で言っても混乱しそうになってくる。

「……僕の兄さん」

やっぱり兄も呑みこめないようだった。

「えぇ～？」

アレンも複雑そう。

二人で顔を見合わせると……どちらからともなく、目を逸らす。

「ホホホ！　少しは落ち着いたのかしら？」

そこに、楽しそうに割って入ってきたのは、バルバラだった。

兄とアレンを上から目線で見やった美少女は、なぜか偉そうに胸を張る。

「二人とも、自分の本当の気持ちもわからずに暴走して、他ならぬシロナさんにご迷惑をかけるだなんて、言語道断ですわ！　けっして許されない行為ですわよ。夫だ兄だなどといっても、まだまだ未熟ですこと。この私のおかげでこの場が収まったことに心底感謝して崇《あが》め奉ることね」

――いや、たしかに今回の騒動がうまく解決できたのは、バルバラのおかげと言えなくもないのかもしれないが、崇め奉るのはどうだろう？

「……それはちょっと、いやかな」

「無理だ」

アレンと兄はいやそうに顔を顰めた。

バルバラは、そんな二人を気にした様子もなく、手をパンと打ち合わせる。

「まあ、いいですわ。卑小な男どもが己の狭量さをさらけだしても、私は歯牙にもかけませんから。……それより、私たちは次なる事態に備えるための対策を練らなくてはいけませんわ！」

おお！　バルバラがなんかカッコイイ。

それに、私もそう思っていたところだから、ちょうどいいわ。

アレンも、ハッとしたように表情を引き締めた。

「対策？」

しかし、兄は訝しそうな声を上げる。これは、別段兄の頭が悪いわけではなく、なにかの対策なんて特別にしなくても、たいていのことは押し切れる実力を持っているせいだろう。兄は小細工なんて必要としないから。

とはいえ、今回ばかりは無策で進むのは危険だった。なにせ相手は、独眼竜政宗――――じゃなくて、王兄殿下である。

私の目標は、確実に要塞で待っているだろう王兄殿下をなんとか説得すること。

バルバラは、真剣な表情で私に向き合った。

「まず、シロナさんにお伺いしますわ。――――あなたは、我が国の次代の女王として君臨するおつもりがありますの？」

高い女性の声が、魔国の荒野に凛《りん》と響く。

ゴクリとノーマンが喉を鳴らす音が聞こえた。

アレンとローザも、ジッと私を見てくる。

「……は？」

兄は疑問の声を上げた。

すぐさまなにかを言おうとするが、私はその兄を制止し、声を上げる。

「ないわ」

迷う必要もない、明確な意思表示だ。

「なぜ？　君は、私の妹なのだろう！」

驚く声はアレンから。

バルバラは、私の答えを予想していたのだろう。驚く様子もなく頷いていた。

私は、アレンと視線を合わせる。

「私が、普通の村娘として育ったからです。今さら王族、ましてや女王になんてなれません。……私の望みは、このまま一介の平民として暮らしていくことです。王女だなんて名乗り出るつもりはありません」

シンデレラストーリーに憧れる人は数多いが、あれはあくまで物語だからいいのだ。現実に身分の低い者が王子の妃《きさき》――――ましてや女王になることに、どれほどの苦労があるのか、おわかりだろうか？

どうしてそんな茨の道を、自ら歩もうとするだろう？　少なくとも私はごめんである。

「しかし、君は正当な王位継承者なんだよ」

「王位継承者は、他にもいるのでしょう？」

それこそバルバラとか、彼女の母とか。幼いときから帝王教育を受けたであろう彼女たちの方が、私なんかよりよっぽど女王として相応しい。

王妹であるバルバラの母には、私を襲撃した疑惑があったけど、あの犯行は魔王の仕業だとわかったのだ。となればそれは冤罪で、彼女にはなんの罪もない。それこそ、次期女王となっても安心な存在になったと言えよう。

「君が第一王位継承者だ！」

だがアレンは、納得できないらしい。

「女神の血筋を引いていれば、特に私である必要はないはずです」

私は、淡々と事実を述べて反論した。

既に、此度の国難は解決されている。魔王は私のペット――もとい、配下となったし、魔国も全面降伏しているのだ。この国が侵攻される心配はしばらくないだろう。

極端な話、平時の国に必要なのは女王の統治ではなく、現女王や私が持っている強者を惹きつける女神の血筋だけ。有事に備え、国が女王の力を必要とし、その血を繋ごうとするのは当然のことだけど、女王もまだまだ健在の今、私までいる必要はないはずだ。

バルバラの母や、バルバラ自身、その他の女性王族もたくさんいるみたいだし、女王の血筋は、ちゃんと繋いでいけるわよね？

まあ、次に女神の資質を持つ者が、私の娘やその子となる可能性もあるけれど……そのときはそのときだ。そんな兆候があったなら、即座に対応できるようにしておけばいいだけだろう。私と違い幼いときから帝王教育を受けることができたなら、きっと立派な君主になってくれるはず。

――ともかく！　私には無理だし、そのための努力をする気力も気概も持ち合わせていないので、次期女王とかやめてほしい！

「私は、私を育ててくれた村で兄さんと一緒に平穏無事に暮らしていきたいんです。お城みたいな窮屈な場所は、私も兄さんも合わないわ」

たとえどれほど贅沢三昧できるにしても、絶対お断り！　私は、自由気ままに暮らしたい！　今さら私に、統治者の責任とか義務とか言われても、無理だから！

そもそも論として、転生前は国民主権・基本的人権の尊重・平和主義を基本理念とした日本国憲法の下で生きてきた私が、絶対君主制のトップになるなんて、できるはずがないでしょう！

よくあるラノベの主人公なんかは、簡単にその辺の価値観の違いを克服していたけれど……普通に考えてできっこない！

心の中で叫んでいれば、バルバラが「わかりました」と頭を下げた。

「っ、バルバラ嬢――」

「シロナさんの望みが、私の望みです。私も、シロナさんがあの王侯貴族のドロドロとした政争に塗れて、疲弊する姿を見たくはありません」

バルバラの言葉を聞いたアレンは……口を閉じた。

やっぱり、王城は伏魔殿らしい。なおさら行きたいとは思えない。

黙ってしまったアレンを横目に見たバルバラは、言葉を続けた。

「シロナさんと勇者さまは、国境の要塞に入った後、そのまま故郷にお帰りください。王都や王城に行く必要もありませんわ。討伐報告などは、すべて私とアレンで行いますから」

それは、非常にありがたい申し出だが、本当にそれでいいのだろうか？

「バルバラ嬢、さすがにそれは――――」

「それくらい、なんとかしますわ。私は聖女で公爵令嬢ですもの。アレンも腐っても王子です。王族や高位貴族の十人や二十人、黙らせることくらいできるはずでしょう？」

止めようとしたアレンの言葉を遮り、バルバラは胸を叩いて断言する。

ものすごく男前の発言に、うっかり惚れてしまいそう。

「……腐ってもは、ひどいな」

呆気《あっけ》にとられたようにバルバラを見つめたアレンだが、やがてポツリとそんな抗議の言葉を漏らした。

「腐っていないと言うのなら、私に協力しなさい。できないなんて言わせませんわよ」

バルバラは、とても偉そうだ。さすが王位継承権第二位だけある。

アレンは、小さく苦笑した。

「……バルバラ嬢。君は、本当に変わったんだね」

「成長したと言ってくださいな。……それもこれも、シロナさんのおかげですわ。私は、シロナさんのためなら骨身を惜しみません」

本当に男前なバルバラだった。

アレンは、降参というように、両手を上げる。

「わかったよ。ごちゃごちゃ言う輩は、私と君で、全力で叩き潰そう」

どうやら話はまとまったらしい。

しかし――――。

「……本当にいいんですか？」

そんな我儘を押し通してしまったら、バルバラもアレンも立場上まずいのではなかろうか？

心配する私に対し、二人は大きく頷いた。

「大丈夫。これでも王子だからね」

アレンは優しく微笑みながらそう話す。

「大丈夫ですから、ご心配いりませんわ。……ただ、代わりにお願いがありますの。すべてのゴタゴタが片づいてからでかまいませんので、私がお側に住むことを、許してくれませんか？」

バルバラは、そんなことを言いだした。

「え？　お側に住むって――――まさか、私たちの村に住みたいってこと？」

「はい。移住したいんですの。もちろん、領主の許可は取りますので。よろしいですか？」

よろしいもよろしくないも、ただの村人の私に決定権なんてない。

けれど、バルバラはそれで本当にいいのかな？

「王位継承権者が、王都以外に住んでも大丈夫なの？　自慢じゃないけどうちの村は、なにもない田舎なのよ」

「地方に領地や別荘を持つ王侯貴族は大勢いますので、そのへんは大丈夫です。なにもなければ、私が持っていけばいいだけですから。あと、私はシロナさんの村を永住地にするつもりですので、王位継承権は放棄します！」

サラッとバルバラが重大発言をする。

驚く私の前で、アレンが「それはいいな」と言いだした。

「私も王籍を抜けるから、君たちの村に移住させてほしい。……いや、いっそ私が領主となるのはどうだろう？　今の領主には、私の領地の一部を下げ渡せば、いやとは言わないと思う。それに、そうすれば、一介の平民の君と私の両親を、周囲に怪しまれずに王都以外で会わせることも可能になる！」

ちょっと、ちょっと、ちょっと待ってよ！

「おお、それはいいな、ご領主さま。俺も身辺整理をしたら、妻子を連れて嬢ちゃんの村に移住するつもりだから、よろしく頼むぜ」

ノーマン、あなたもなの？

「わ、私は、陰ながらずっとシロナさまを見守ります！」

「私は、元よりシロナさんから離れるつもりはないぞ」

ローザや魔王まで。いや、魔王は監視も兼ねて側に置いておくつもりだったけど。

「みんな……そんな、どうして？」

驚く私に、全員が笑いかけた。

「そんなの、シロナさんの近くにいたいからに決まっていますわ」

「私は、君の兄だからね」

「嬢ちゃんの側なら、俺はもう一段階強くなれると思うんだ」

「シロナさまは、私の女神です！」

「お前には、私をこんなにした責任を取ってもらわねばならないからな」

台詞は違うけど、みんな私の側にいたいと言ってくれる。その声が、私の胸を打ち抜いた。

――いや、もう、これ、どうしよう？　そういえば、こんなときいつも真っ先に反対するはずの兄が、やけに静かなような？　てっきり「シロナの側にいるのは、僕だけでいい！」とか、叫ぶと思ったんだけど？

「兄さん、どうしよう？」

気になったので、私は自分から兄に聞いてみた。みんなの気持ちは嬉しいけれど、素直に頷くにはいろいろ問題が多いと思ったから。特に、バルバラやアレンは、そんなに簡単に今の立場を捨てられるとは思えない。私と兄は一緒に暮らすのだから、問題点は共有しなければいけないし。

すると、兄は予想もしない言葉を返してきた。

「好きにすればいい。シロナも、他の奴らも」

――ええっ？　本当に？　兄さん？

驚く私の頭を、兄はそっとなでてくる。

「僕の一番はシロナだからね。シロナがいいのなら、多少目障りな虫が飛び回っていても、我慢くらいできるよ。もっとも、シロナの一番の座は、誰にも譲らないけどね」

兄が……兄が……兄が！　兄が大人になっている！

私は、ジ～ン！　と感動した。

「すごいわ、兄さん！　そんな我慢ができるだなんて！」

「シロナのためだからな」

兄は、ちょっと得意そう。

「兄さん！」

感極まって抱きつけば、兄も嬉しそうに抱き返してくれた。

「…………ちょっと、納得できないんですけれど」

「あの人、好きにすればいいって言っただけですよね？　しかも、私たちのこと虫とか言っていましたし」

「あの程度のことで、あれだけ褒められるのは、おかしいだろう？」

「……羨ましい」

バルバラ、ローザ、ノーマン、アレンの順の言葉である。

「まあ、それだけ此奴が未熟だったということさ」

辛口評価は魔王から。

兄は、ギン！　と魔王を睨みつけた。

「お前は、来なくていい」

「はっ、本音が出たな。やはりお前は狭量な子どもだ」

「狭量で結構！　お前は、ここで死んどけ！」

兄と魔王――といっても、可愛いひとつ目テディベア――が睨み合う。

その後、あっという間に、バトルになった。

――うん、やっぱり兄さんは兄さんだ。大人げなくテディベアと殺り合う兄の姿に、私はなんとなくホッとする。

それでも先ほどの譲歩は、兄の精一杯の優しさだろう。それがなんとも嬉しい。

「もうっ！　兄さんったら、いい加減にしてよね！　魔王さんも、とりあえず王兄殿下対策を考えなくちゃならないんだし！　……そして、いつかみんなで一緒に暮らせるように頑張りましょう！」

私の村で、自由に、伸び伸びと。

思いをこめて叫べば、嬉しそうな笑顔が返ってきた。

こうして私たちは、ひとつの夢を抱いて、魔王討伐の旅を終えたのだった。

◇王女リオノーラフィアシロナの願い◇

崩れゆく世界を見て、死にゆく私は激しく後悔した。

――ああ、どうしてこんなことになってしまったの。

悪いのは私だ。私は、兄上の弱さを知っていたはずなのに。完璧な王子の顔の裏で常に自分と他者を比べ、自分より優れたモノを持つ相手に劣等感を持たずにいられない卑屈な心を。

私の夫は、高潔な人だ。誰よりも強いのに努力家で、苦難の末に魔竜を倒し英雄となった。魔竜の生贄となった私を救ってくれた人で……私は当然のように彼を愛した。あんなに素晴らしい人を愛さずにいられるわけがない。

嬉しいことに彼も私を愛してくれて、私たちは夫婦となった。


――――このとき私は王都を去るべきだったのだろう。夫と二人、華やかな繁栄の影に権力や栄誉を求めて陰謀が渦巻く城を離れ、どこかの田舎にでも引っこんでしまえばよかったのだ。

私と夫が望んでいたのは、穏やかで平和な暮らしだけだったのだから。

でも私は、私たちを慕ってくれる民を切り捨てられなかった。父王や仕えてくれる騎士と国の重鎮たちにも引き止められ、せめて兄上が王となりその治世が落ち着くまで――――弱さを克服し、善き王として民を導いてくれるまではと思い、城に残った。

王位継承権は放棄したし、兄上にも全面的に協力していたから、大丈夫だと思ったのだ。


――――でも、ダメだった。疑心暗鬼に凝り固まった兄上は、その矛先を今度は私の夫に向けたのだ。卑劣な手を使い夫を罠に嵌め、殺そうとする。

それを許すわけにはいかなかった。だから私は、全身全霊で夫を庇ったのだ。……結果、無残に殺されてしまったけど、そこに悔いはない。夫を守り切った誇りを胸に死後の世界に旅立つはずだったのに――――。

今度は、私を喪った夫が狂ってしまった。元凶の兄上はもちろん、国どころか世界の半分ほどまでを消し去って……最期は自ら命を絶ってしまう。

――ああ。ああ。こんなこと望んでいなかったのに。ただ二人で慈しみ合い、静かに生きていきたかっただけなのに。

あれほど優しかったあの人に、こんな残酷なことをさせてしまったのは、私だわ。

私は神に夫の魂の救済を願った。自分が生贄になったときも願わなかった救いを与えてくださるようにと、心の底から祈る。

同時に決意した。

――もしも、自分に来世がありまた王族になったとしても、決してその場にとどまらないと。

今度こそ城を離れ、静かな田舎で暮らすのだ。叶うことならば、愛する人と共に。

それが悲劇の王女リオノーラフィアシロナの最期の願いだった。

◇◇◇

早朝目覚めた私の目は、濡《ぬ》れていた。

――――なにか悲しい夢を見たみたい。内容はまったく覚えていないけど、胸の痛みがまだ残っている。

幸いにして、隣に寝ていた兄の気配はなかった。きっと朝食に食べる獲物を狩りに行ったのだろう。昨晩はバルバラの狩った雄鶏頭蛇を食べたから、今朝は自分がって張り切っていたもの。

――――たとえ夢でも私が泣いたなんてわかったら、兄さんがどれほど動揺するかわからないわ。早く顔を洗わなくっちゃ！

パパッと身だしなみを整えた私は、テントから外に出た。

野営をした森の空き地には、朝の光が射しこんで草木や地面まで輝いている。空気は澄み、鳥の声が遠くに聞こえた。

――――ああ、やっぱり自然はいいわ。住むなら絶対こういうところよね。王城なんて、ダメ絶対！　鄙《ひな》びた田舎以上の場所なんてないもの。

いつも思うことなんだけど、今日はより強くそう感じる。

昨日アレンたちに自分が王女だってことを話して、でも女王になんてならないし城にも行かないって宣言したせいかしら？

少し考えたけれど、理由はよくわからなかった。
――それより早く顔を洗ってこなくっちゃ！　兄さんが帰ってきちゃう。
バタバタと私は走りだす。
悲しい夢のことなんて、もうすっかり忘れていた。

第八章　勇者の妹は、勇者の嫁になりました

その後、計画どおり私と兄は、村に帰った。

まあ、その前にひと騒動もふた騒動もあったのだけれど。

なによりの誤算は、サンデの要塞に女王陛下と王配殿下が待っていたこと。

門を潜るなり聞こえてきた声に、私は呆然とする。

「ああ、あなたが私の娘なのね！」

「え……なんで？」

ここにいるのは王兄殿下じゃなかったの？

「娘に母が会いに来るのは、当然でしょう！　……無事でよかった。もう、何度護衛を振り切って、魔国へ突入しようと思ったことか！」

涙ながらにそう叫んだ女王陛下は、駆け寄って私を抱き締める。

「トリー、私のトリー！」

何度も何度もそう呼んだ。

魔王討伐へ旅立つ前、玉座で見た女王陛下はとてつもなく大きく見えた。でも、実際の彼女は私とほぼ同じくらいの背丈。少しやつれているように感じるのは、王兄殿下から私の話を聞いたせいかな？　捜していた娘が、選りに選って勇者一行と一緒に魔王討伐しているなんて、心労たまりまくりそうだもの。

女王の腕の中はとても温かかった。痛いくらいに抱き締められて、胸が詰まる。

――――この人が私の母さんなんだ。まあ、あまりに美人すぎて『母さん』とは呼べそうにないけれど。

「へ、陛下――――」

迷ったあげくそう呼びかけたんだけど……その瞬間女王陛下はこの世の終わりみたいな顔をした。

「どうしてそんなによそよそしく呼ぶの？　あなたを守れなかった私に怒っているのね」

「ち、違います！　ただ、恐れ多くって」

「恐れ多いなんて……どうして？　私はあなたの母親なのに」

「あ……その、それはそうなんですが」

「お願い！　『母さん』って呼んでちょうだい。……もしもあなたが許してくれるなら」

私と同じ緑の目が、せつなそうに懇願してくる。

「許すとか許さないとか、ありません！　陛下が私を守ってくれたのはわかっていますし！」

怒っていないと伝えたかったのに、私が『陛下』と言った途端、また女王の目からはボロボロと涙がこぼれ落ちる。

――ああ、もうっ。

「……お母さま、泣かないでください！」

これが精一杯。勘弁してください！　私はそう思いながら叫ぶ。

女王陛下――ううん、私の泣き虫な『お母さま』は、嬉しそうに笑った。

すると、

「私のことは『父さま』と呼んでほしいな」

いつの間にか側に寄ってきていた王配殿下が、そう言ってくる。長い腕で私と母を二人まとめて抱き締めてきた。

いや……そんな、キラキラの顔と瞳で見つめられても。

「……くっ……お父さま」

圧に負けて、結局そう呼ばされた。

王配殿下――『お父さま』は、ますます顔を輝かせる。

「ああ！　ヴィクトリア、会いたかったよ！　こんなに大きく育ってくれてありがとう」

感極まったとばかりにそう言った。

なんと、私の本名はヴィクトリアだったらしい。『トリー』は愛称なのね。……『ヴィクトリア』とか、ものすごくお嬢さまそうな名前で私には似合わないと思うから、できればやめてほしいんだけど。

「私のことはシロナと呼んでください」

それが今の私の名前だもの。

私の願いを聞いた両親は、顔を見合わせた。そしてどちらからともなく頷き合う。

「ええ、もちろんよシロナ」

「シロナ、とてもいい名前だね」

受け入れてもらえて嬉しい。私の両親は優しい人だ。

それから私たちは、たくさん話をした。ほぼほぼ私の話だったけど。生まれ育った村でどんなふうに暮らしていたかとか、育ててくれた両親、そして兄のことを聞かれる。

「……そう。あなたを助けてくれたのは勇者だったのね」

両親は、今まで黙って私たちを見ていた兄に視線を向けた。

「ありがとう、勇者クリス。魔王を倒し世界を救ってくれたことはもちろん、私たちの娘を見つけ保護してくれたことも。……あなたには、どれほど感謝してもしきれないわ」

母が深く頭を下げる。一国の女王としてはあり得ないことかもしれないけれど、父も止めることはなかった。胸に手を当て最上級の敬意を示す。

「私からも深い感謝を。君がヴィクトリア……いやシロナを見つけてくれなければ、娘は永遠に喪われてしまったかもしれない。もしも望みがあるのなら、私たちにできることはなんでも叶えよう。なにか欲しいものはないかい？」

父がそう言った途端、兄の目がギラッと光った。

「私の望みはひとつだけです。いつまでもシロナと一緒にいたい！」

間髪入れず叫ぶ。

「え？」

母が虚を衝かれたような声をだし、父は目を見開いた。

かまわず兄は言葉を続ける。

「私はシロナを愛しています。一生添い遂げたいし、なにがあっても絶対に離れたりしない。幸いなことにシロナからも同じ思いを返してもらえました。……私たちは結婚します。どうかそれを祝福してください！」

兄はそう言うと、その場に跪き頭《こうべ》を垂れた。

両親は絶句し固まっている。

――もう、兄さんったら。いきなりすぎでしょう！　アレンやノーマン、ローザも急すぎる結婚宣言に驚いているし、バルバラなんて呆れたって言わんばかりの冷たい視線を向けているじゃない。

「…………結婚は決定事項なの？　普通は花嫁の両親に結婚の許しを請うところからはじめるものじゃないの？」

ようよう母が口を開いた。

「結婚は、許しがあろうとなかろうと絶対しますから。ただ、シロナのために祝福してほしいだけです」

きっぱり言い切る兄。迷いがないところはすごいと思うけど……その態度は『お嬢さんと結婚させてくださいと』と、彼女の両親に頼む男の人としては、マイナスじゃないかしら？

「……前言撤回していいかな？」

案の定、父は笑顔を強ばらせ剣の柄《つか》に手をかけた。こめかみの血管がピクピクと動いている。

母が父の手の上に、自分の手を重ねて止めた。

「ウィリー、ダメよ」

「でも、ヴィー」

「なんでも願いを叶えると言ったのはあなたよ。せっかく会えた娘に『嘘つき』呼ばわりされてもいいの？」

父は眉間にしわを寄せた。「それはいやだな」と言って、柄から手を離す。

「もちろん結婚を祝福するわ。……シロナ、あなたも勇者との結婚を望んでいるのよね？」

母に聞かれた私は、コクリと首を縦に振る。

「そう。……おめでとう。花婿が勇者だなんて、それ以上の相手は望むべくもないことだわ。勇者の結婚ともなれば国の祭典として行えるもの。この際、魔王討伐の祝勝パーティーも合わせて派手に挙げるのはどうかしら？　きっと歴史に残る結婚式になるわ。祝賀行事の計画に衣装や会場の準備。フフ、忙しくなるわね」

母はとても嬉しそうだ。そういえば前世の母も私の結婚式を楽しみにしていて、自分で打ち掛けを縫っていた。……まあ、私はそれを着る以前の結婚相手を見つける前に、事故で死んでしまったのだけれど。

それだけに私はとても申し訳なくなった。

「お母さま、すみませんが私たちの結婚式は、村で挙げることになると思います」

「え？」

「私たち――私と兄は、王都には行かずこのまま村に帰るつもりですから」

母の目が限界まで見開かれる。

父が焦ったように近づいてきた。

「それは、いったいどうして？　魔王の敗北宣言を受けて王都は祝福ムード一色になっているんだよ。誰もが勇者一行の凱旋《がいせん》を待ち望んでいるのに」

私は首を横に振る。

「そうやって待ち望んでもらっているからこそです。ようやく訪れた平和に浮かれる人々に、新たな諍《いさか》いの種を持ちこむわけにはいきませんから」

私が失踪してからもう十五年以上。今さら女王の娘、しかも勇者と結婚する王女が現れたら混乱は必須だろう。

「そんなことあなたは心配しなくていいのよ」

「いいえ。私には女王になる意志も覚悟もありませんから。下手に存在を露わにして問題を起こすわけにはいきません。……本当は、兄さんだけでも王都に行ければいいんでしょうけど」

私がそう言うやいなや、兄は私の腰に手を回しギュッと抱き締める。

「僕がシロナと離れるわけないだろう。……それに諍いの種というなら、魔王を倒した勇者だって行方不明の王女と似たようなものさ」

兄の言葉にも一理あった。強大な勇者の力を我がものにしたいと思う者は、善きにしろ悪しきにしろ後を絶たないだろうから。

「多くの人が集う王都には悪意を抱く人もたくさんいることでしょう。その点、私たちの生まれ育った村は地図にも載らないような田舎ですし、村民みんな顔見知りなんです。よそ者が来ればすぐにわかるし、悪事なんて働こうものならみんなから寄って集《たか》って説教されちゃいますよ」

おどけて話す私の隣で、兄がウンウンと生真面目に頷いている。

「でも！　……それなら正体を隠して少しの間だけでも、一緒に暮らせないかしら」

「ずっととは言わないよ。せめて一年。……いや半年でもいい。私たちの側にいてくれないか？今まで親らしいことをなにもしてあげられなかったから、挽回《ばんかい》のチャンスがほしいんだ」

二人とも私に王女になれとは言わなかった。王族の役目とか女王の血筋とか、そういった責任や義務には少しも触れず、ただただ私と一緒にいたいと言ってくる。

だからこそ断るのは辛かったのだけど、私と兄の意志は変わらなかった。

「――――これ以上シロナに無理強いするなら、僕はシロナを連れて国を出ます！」

最終的に兄のこの発言で、両親は折れた。魔王を倒すほどの力を持つ勇者に出奔されては、国としてもまずいのかなと思ったけど、本当の理由は違ったみたい。

「勇者に本気で逃げられたら、せっかく会えた娘にまた会えなくなってしまうわ」

なにより私と会えなくなるのが辛いと言って涙を呑む両親に、絆《ほだ》されそうになったのは内緒にしとかなきゃね。

その代わり、いつかアレンが私の村の領主となり、彼を訪ねる名目で両親が来たときには、一緒にすごすと約束した。

「親子四人、水入らずですごそうね」

「しれっと僕を除《の》け者にしようとするな！」

アレンと兄が喧嘩をしていたけれど……私はちょっと楽しみでワクワクしていた。

「あなたを育ててくださった勇者のご両親にも、ぜひお礼が言いたいわ。必ず伺うから待っていてね！」

――うわぁ〜。急に女王夫妻が我が家に来たら、父さんも母さんも気絶するんじゃないかしら？　今から精神を鍛えてもらわないと。

「君が生きていてくれたんだ。……今はそれだけでいい。いずれゆっくり心を通わせよう」

「愛しているわ……私の子」

二人の私への愛は本物だった。それが嬉しくてとても幸せだ。


そんな騒動を乗り越えた後に、もうひと山。

それは言わずと知れた魔王の存在だった。

「こういうときは、はじめましてと言うのかな。人間の国の女王よ」

プニプニほっぺの可愛い五歳くらいの男の子が、母の前に立っている。小さな頭の両側におもちゃみたいな巻き角をつけた魔王は、子どものくせにとても偉そうだ。

「……これが魔王」

「ハハハ、これはいいな。今なら勇者に選ばれなかった私でも、一捻《ひとひね》りでくびり殺せそうだ」

信じられないように目を見開く母を庇い立つ父は、獰猛な笑顔を見せている。穏やかそうな紳士に見えた父だけど、案外好戦的だったみたい。

「フム。試してみるかね？」

「断る理由はないいな」

たちまち二人から噴き上がる強烈な殺気。

「ちょっ、ちょっと待ってよ！　あなたは全面降伏したんでしょう。なに戦う気になっているのよ！」

慌てて間に入った私は、魔王を叱りつけた。

「個人的に戦いを挑まれれば、応えるのは吝《やぶさ》かではないぞ。……そなたの父は、私に一国の王配として戦いを挑んだわけではなかろうからな。娘の側にいる危険を父として排除したいだけだ」

意外に冷静な魔王の言葉を聞き、私は驚いて父を見つめる。

父は忌々しそうに「チッ」と舌打ちした。

「それだけではないさ。娘を攫われた父としてそいつを許せないだけだ」

「お父さま――――」

胸がじんわり熱くなる。そういうことなら話は別だ。

「わかったわ。お父さまと戦うのを許可してあげる。でも、絶対お父さまを傷つけないでね！　かすり傷ひとつつけてもダメよ！」

　私にそう言われた魔王は「理不尽だ」と呟き、可愛い顔を顰める。

　なぜか父も不満そうだった。

「シロナは、私がこの魔王に負けると思っているのかい？」

「いいえ。お父さまが強いのは戦う姿を見なくともわかります。ただ私は、万にひとつもお父さまに怪我をしてほしくないんです」

　実際、父の強さはかなりのものだと思う。普通の立ち姿や先ほど膨れ上がった殺気からも、その強さは推し量れる。

　ただ魔王も腐っても魔王。今は大きく力を削がれていても底知れない強さを持っている。父が傷つく可能性はできるだけ排除しておきたい。

　父は嬉しそうに微笑んだ。

「シロナがそう言うのなら、今は剣を収めようかな。……今はね」

　魔王は大きなため息をつく。

「挑まれぬのであれば、私も剣を引こう。それに今の私の主はシロナさんだからな。彼女の望まぬことを私は行わない」

　――たった今まで父と戦おうとしていたくせに。しれっと言い切る魔王を、私はジロリと睨んだ。なにか厭味でも言ってやろうと思ったけれど、その前に母が進み出る。

小さな魔王の眼前に凛と立つ母は、女王の威厳を放っている。

「魔国の王よ。あなたの敗北宣言を聞きました。人間の国の王を代表してその宣言を受け入れましょう。また平和条約についても早期締結を目指し話し合いの場を設けることを約束します。……ただその前に――――」

母がニッコリと笑う。

次の瞬間、母は魔王を蹴り飛ばした！

ドゴォォ〜ン！　と吹っ飛んだ魔王は要塞の外壁に激突する。もうもうと土煙をたてて、壁に大きな穴が開いた。

「……え？」

私は茫然自失。アレンたちや兄まで目を見開いている。

「――娘を攫われた母として、一発蹴らせてくださいね？」

遅れて聞こえてきた母の声。

――いや、もう蹴った後じゃん。そういえば、幼い頃の女王がかなりお転婆だったと、以前王兄殿下が言っていた。たしか『一緒に剣を振り、馬を駆り、野山を駆けまわった』とか。私に似ているとも言っていたけれど……いかん、否定できないわ。私も魔王には、いきなり喧嘩をふっかけたし。

私が母とのたしかな血のつながりを感じている間に、魔王は復活した。

「やれやれ、似た者親子だな」

もう、そういうことは言わないでいいの！　っていうか、まったくダメージを受けていないじゃない。崩れた外壁も逆再生動画みたいに修復されていく。魔王城を復元したことを思えば、なんでもないことなのかもしれないけれど。

母は不満そうだったが、それ以上は魔王に攻撃しなかった。

「一発と言わず、百発くらいにしておけばよかったかしら？」

「安心してください、義母上《はは》。後で僕が千倍にして蹴り飛ばしますから」

母と兄が不穏な会話をしていたけれど……聞かなかったことにしよう。あと兄が『義母上』と言った途端父の顔が不自然に強ばったことも、見なかったふりをする。

その後、場所を移した母と魔王は統治者としての真面目な話をした。魔国からの賠償や平和条約の骨子についてなど。より詳細な内容は事務官レベルの話し合いになるみたいだけど、こういうのを見ると自分がつくづく女王に向いていないなってよくわかる。

――――なにより面倒くさい。

「兄さん、魔王は置いて先に村に帰ろうか？」

「いいね。そうしよう」

「おい待て！　捨てないで！」

私に縋りついた魔王を、今度は父が殴り飛ばしたけれど……平和条約には影響ないみたいだから、問題ないわよね？

そんなこんなで三日間ほどサンデの要塞に滞在した後で、私と兄、そして魔王は故郷の村へと出発した。

両親は前日に要塞を発《た》っている。女王や王配がそれほど長く王都を空けるわけにはいかないらしく、何度も後ろを振り返りながら出発した。

私が王都に行ったときは必ず訪ねるって約束したし、両親も仕事の都合をつけて、できるだけ私に会いに来てくれると言っていた。国を治める仕事に都合をつけられるのかどうかはわからないけれど、約束を交わしたって事実だけで私は満足だ。

――――びっくりしたけれど、ここで会えてよかったな。心からそう思う。

アレンやバルバラ、ノーマン、ローザともここでお別れだ。

「両親も賛成してくれているし、できるだけ早く後処理や手続きを済ませて、領主となって君の村に赴任するよ」

「私も母や妹たちを説得して、すぐに移住しますわ」

「あんたらは、言うほど簡単じゃないだろう？　俺は妻と娘に話をするだけだからな。俺が一番早いんじゃないか」

ノーマンの言葉に、アレンとバルバラは悔しそうな顔をする。

「私も、おばあちゃんへ報告したら急いで後を追いかけます。だから、私が行く前に結婚式とかしないでくださいね！」

ローザは真剣な表情でそう言った。そのセリフに、みんなが驚く。

「え、そんなに早く結婚を？」

「そんな……私がいない間に式など挙げたら、一生恨みますわよ！」

「結婚式かぁ。そりゃめでたいけれど、やっぱり俺も祝福したいから抜き打ちはやめてくれよ」

――みんな気が早いんじゃない？　私はまだ十五歳なのよ。いくらなんでもそんなに早く結婚するはずないじゃない。……そう思うのに。

「お前たちの都合など知るか。僕はできるだけ早くシロナと結婚したいんだ。誰にも邪魔させたりしないからな！」

兄はそう言って私をみんなから隠すように抱き締めた。

「もうっ、兄さんったら。離して！」

「いやだよシロナ。僕とシロナの結婚式に招待されなきゃ、恨んだり祝福できなかったりするような奴らの言うことを聞かないで」

兄は涙目で、私をますます拘束する。

「ちょっと！　誤解を招くような言い方はやめてちょうだい」

「そういう意味じゃないだろう！」

バルバラとノーマンが怒鳴った。

まったく困った兄さんだわ。

「兄さん、私兄さんと結婚するのはいいけれど、できればみんなにおめでとうって言ってもらいたいって思うわ。……父さんや母さん、村のみんなやもちろんアレンさんたちにもね」

この場合の父さん母さんは、私を育ててくれた両親のこと。

「……シロナ」

「私と兄さんが結婚してよかったねって、一緒に喜んでほしいの。……ダメかな？」

ジッと見上げれば、兄は顔を覆って下を向く。

「シロナはズルい。僕がシロナのお願いを断れないことを知っているのに」

もちろんちゃんと知っている。兄が私を尊重してくれていることを。

「ということで、結婚式にはみんなを招待するし、そもそも結婚式自体まだまだ先のことだと思うので、安心してくださいね」

私の言葉に、みんなホッとした顔をする。兄だけは不満そうだけど、私がギュッてしてあげれば、たちまち機嫌は直るので問題なし！

こうして私はようやく帰路についたのだった。


行きと違い帰りは急ぐ必要もなし。私と兄さん、そして魔王は徒歩で物見遊山な旅をした。

戦争で荒れ果てた大地にしぶとく芽吹く雑草に心打たれ、その地を開墾する人々のバイタリティに感動し、魔族と人間の戦いなど知らぬ顔で滔々《とうとう》と流れる大河に放心する。

森の中に今も生きる魔獣を狩って野営をし、小さなたき火を三人で囲み話をした。

「そういえば、魔王なのに魔獣を食べてもいいの？」

「なにを今さら。人間とて家畜を育て食べているだろう」

魔獣は魔王に絶対服従する獣だが、獣は獣。魔族も普通に魔獣を食べるという。魔王は自然に存在する魔力からエネルギーを吸収できるのだそうで、厳密な意味では食事の必要はないのだが、味覚はあるので美味しいものは別腹だそうだ。

「シロナさんの料理はうまいぞ」

鳳魔凰のヒヨコに転じた魔王が、鳳魔凰の唐揚げをつつくシュールな光景に、ちょっと頬が引きつってしまう。

「食べる必要がないなら食べるな！」

「狭量な男は嫌われるぞ」

「シロナが僕を嫌うはずがないだろう！」

兄と魔王の大人げない戦いも、既にこの旅の見慣れた風景になっていた。

旅の間には、野営だけでなく普通に町や村の旅館に泊まることもある。

その日の宿は、小さな地方都市だった。風光明媚《めいび》といえば聞こえがいいけれど、要は田舎で観光名所もなにもないところ。

「昔は大きな神殿があって、少しは栄えていたんですけどね」

宿屋の主人の言う神殿は、村の外れにひっそり建っていた。たしかに大きかったけど、壁には蔦《つた》が這っていて天井が大きく崩れている。既に廃棄された神殿で周囲に民家もないため、このまま放置されているのだとか。

「なんだかロマンチックね」

神殿の中にぽっかり空いた天井の穴から射しこむ陽光を見ながら、私はそう呟いた。


そして、その夜。

宿屋の簡易なベッドでひとり眠る私の元に、兄が現れた。

「……うう～ん。なに？　兄さん」

魔獣の襲撃ならば飛び起きられるんだけど、慣れ親しんだ兄の気配では私の眠気はなくならない。

「……神殿に行ってみないか？」

「神殿？」

「ああ。昼間ロマンチックだって言っていただろう。夜の神殿ならもっとロマンチックじゃないかと思って」

そう言われればそうかもしれない。でも、ロマンチックに欠片も興味がなさそうな兄にしては、珍しいお誘いね？

「シロナ、そういうの好きだろう？」

ああ。私のためっていうのなら、納得できるわ。

「うん。兄さん、行きたいから連れてって」

まだ半分寝ぼけ眼な私は、甘えるように兄に両手を差しだした。

クスリと笑った兄は、ベッドの掛布ごと私を抱き上げる。

「寒いからね。しっかり掴まっていて」

そう言うと、そのまま部屋の窓を開け夜空に飛びだした。

「きゃっ！」

あっという間に眠気が飛んでいく。

「ちょっと、兄さん！　……あ、魔王は？」

「邪魔されるといやだから、魔法障壁を張った箱に閉じこめてきた」

――なんてことを。……その箱、空気穴はあるのよね？　宿に帰ったら魔王の窒息死体入りの箱を開封しなきゃならないとか、いやなんだけど。

心配している間に、神殿に着いた。崩れかけた建物の中に入り、穴の空いた天井の下で降ろされる。

見上げれば、満月が煌々《こうこう》と輝いていた。

「兄さん、綺麗ね」

うっとりとため息をついて隣を見れば、兄が跪いている。

「え？　兄さん、どうしたの？」

驚いた私の声を聞き、兄は顔を上げた。金髪がキラキラと月の光を弾いて流れ落ちる。

「シロナ……愛している」

「……あ」

「僕のすべてはシロナのものだ。身も心も持てる力のすべても。過去も今も未来も、ずっとシロナを愛し守り抜いてみせる。……だからシロナ、僕と結婚してください」

それはまるでお姫さまに愛を誓う騎士のよう。

私の胸は一気にドキドキと高鳴る。

「に、兄さん。結婚式はまだしないって――」

「わかってる。みんなを招待して祝ってもらう結婚式は、いずれ必ずするよ。……でも、僕はそこまで待てないんだ。今すぐシロナと結婚したい！　誰に見てもらえなくたっていい。祝福もいらない。僕がシロナに未来永劫の愛を誓う式を挙げたいんだ」

兄の顔は真剣で――。

キュッと胸が詰まった。兄の想いがひしひしと私に伝わって……苦しいくらい。

「シロナ。僕を受け入れて。僕が僕のすべてを捧げ君を愛することを、そして君からの愛を求めることを許してほしい」

兄がもう一度頭を垂れた。

――もう、もう、兄さんったら！

「許すわよ！　許すに決まっているじゃない。私も兄さんを愛している。兄さんと結婚するわ」

大声で怒鳴った。夜のしじまに私の声が響いていく。

兄は、ビクリと体を震わせ顔を上げた。輝くばかりの喜びが、その顔に溢れる。

「シロナ！　ありがとう。僕の花嫁」

立ち上がった兄は、そっと私を抱き寄せてきた。

「幸せにするよ」

耳元に囁かれる。

「もう十分幸せだよ」

私は笑ってそう言った。兄の顔を見上げる。

すると、兄の顔がスッと真剣になって、大きな手が私の頬にかかった。碧い目が閉じられて、少し傾けられた顔が近づいてくる。

私も自然に目を閉じた。唇に温かな感触が落ちて、キスをされたのだとわかる。

頬へのキスは何度もしたけれど、唇へは、はじめてだ。……心臓が爆発しそうで、頬が燃えるみたいに熱い。

「愛しているよ。シロナ」

兄の声も熱かった。

「……私も、愛してる」

囁き、開いた目に映るのは、ものすごく嬉しそうな兄の笑顔と、白い満月。

もう一度兄の顔が近づいてきて、私は目を閉じた。

二人だけの結婚式を挙げた夜は静かに更けていく。

私と兄は、何度もキスを繰り返した。

そんな、今思い返すとのたうち回りたくなるような甘い思い出も作りつつ、私たちは旅を続けた。

そしてようやく故郷の村に辿り着く。もちろんテディベアの魔王も一緒だ。

「ただいまぁ～！」

「シロナ！」

「クリス！」

「お帰り～!!」

村の入り口に、私を育ててくれた父と母、村人たちが待っててくれていた。

喜び勇んで駆け寄ろうとしたんだけど、兄が私を背中から抱えこむ形で引き止める。

「ちょっと、兄さん――」

「僕とシロナは結婚したから！」

抗議の言葉を遮って、兄が爆弾発言をした。

「え？」

「……は？　結婚！」

「いつの間に？」

驚く両親と村人たち。

――もうっ！　なに突然カミングアウトしているのよ。みんな驚いちゃってるじゃない。

「あ、えっと、そのね――」

慌てて説明しようと思ったのだけど。

「ひどいぞ！　クリスとシロナの結婚式は、村で盛大にお祝いする予定だったのに」

「母さん、シロナの花嫁衣装を縫っていたのよ」

「村人全員で余興に『最強勇者の妹』って劇をする予定で練習していたんだぞ！」

非難囂々《ひなんごうごう》で兄を責める父と母と村長。

――ていうか、私と兄さんが結婚することには驚いていないのね？　非難しているのは、勝手に結婚してしまったことだけみたい。

「……みんな、驚かないの？　ひょっとして、私と兄さんが結婚するって全員思ってた？」

聞けば両親たちは顔を見合わせた。

「あ、まあなんていうか……クリスはいつもシロナにべったりだっただろう？」

「シロナ以外は目に入っていなかったし、シロナに他の男が近づこうものなら、牽制しまくっていたじゃない」

父と母に言われて、私は「そうね」と頷く。否定しようもない事実だ。

「あの状況でシロナちゃんに言い寄れるような男は、世界中捜したっているはずない！　クリスだってシロナちゃん以外の女性に目を向けるはずもなし！」

断言するのは村長。

「となると、シロナちゃんもクリスも他の人とは結婚できないってことになるじゃない？」

「だったら二人が結婚すればいいんじゃないかって、村のほとんどの人は思っていたのよ。血は繋がっていないんだから、それが一番平和かなって」

村人たちはそう言って、うんうんと頷き合う。

「だからクリスが勇者に選ばれてシロナも一緒に旅立ったのは、いいきっかけになるんじゃないかと、二人を待っている間にそういう話になったんだよ。強要するようなものでもできるものでもないけれど、そうなったらいいなって村中で盛り上がって……」

「なんか勢いで結婚式の準備まではじめちゃったのよ。花嫁衣装は、作っておいても無駄にならないだろうって思ったし」

両親はちょっと恥ずかしそう。

つまりみんなの中では、私と兄さんにはお互い以外の結婚相手が考えられなかったってことみたい。結婚すればいいのにって思っていたのが、結婚するならお祝いしなきゃって話に飛躍したってこと？

ちょっと飛躍しすぎじゃないかしら？　……あと『最強勇者の妹』って、その『最強』は『勇者』にかかるのよね？　まさか『妹』じゃないでしょうね？

疑いの目を向ける私の横で、兄が突如叫んだ。

「大丈夫だ。結婚はしたけれど式も披露宴もまだだから！　みんなはそこで僕たちを祝福したらいい。……でもシロナの可愛い花嫁姿は、誰にも見せないからな！」

「そんなわけにいくか！」

当然兄はみんなに怒られた。

――――あ～あ、もう感動の再会が台無しじゃない。

呆れていれば、しょうもない大人たちをよそに子どもたちが騒いでいる。

「うわぁ！　なに、この可愛いクマさん！」

「きゃあ、私にも抱かせてよ！」

テディベアの魔王が、子どもたちにもみくちゃにされているのだ。

「うわっ！　なんだ、この子らは？　いくら力を抑えているとはいえ、私をこうも易々《やすやす》と振り回すとは…………ああ、お前が十五年間育った村の人間なのだな」

逃げようと暴れていた魔王だが、途中からなにかを悟ったように大人しくなった。

私が十五年育った村だからなんだって言うのよ？　……ひょっとして、女神の血を引く人間の『力を持つ者を無条件で惹きつけ、その者の力を大きく育てる力』というのが、この村の人々に影響を与えているとでも思っているわけ？

そんなことあるはずないじゃない。もしもそうなら、女王の暮らす王都は強者で溢れかえっているることになるわよ。王都では、そんな感じ微塵もしなかったし。

この村の人々が多少なりとも他より強いのなら、その原因は兄だと思う。規格外の兄の実力を普段から見慣れていて、そういう強さがあると知っているから、敵わぬまでも近づこうと努力するんじゃないのかな？

「……シ、シロナ、助けてくれ」

魔王が情けない声を上げたけど、人生――――いや魔王生かしら？　諦めが肝心よ。

大騒ぎのみんなを見ながら笑っていれば、なんとかそこから抜けだした兄が近寄ってくる。

「あ〜あ、酷い目に遭った」

「自業自得よ。急にあんなことを言うから」

「だって、少しでも早くシロナと結婚したことを自慢したかったから」

自慢……自慢だったのか。やっぱり兄はシスコンだ。いや、これからは愛妻家になるのかな？

兄と二人寄り添って立つ。

「シロナ、ずっと一緒だよ」

「ええ、兄さん――ううん、クリス、幸せになろうね」

私に名前を呼ばれた兄が、感動に打ち震える。ギュッと強く抱き締められた。


――そう。私は幸せに生きていく。

小さな村の温かな人たちに囲まれて、そう思った。

あとがき

このたびは拙作をお手に取っていただきありがとうございます。

今回のお話のヒーローは、はっきり言って変人です（笑）。

超がつくほどシスコンで、妹がいなければ夜も日も明けない始末。世の理も善悪もすべて妹次第。妹が「カラスは白い」と言ったなら、きっと世界中のカラスを真っ白に塗りつぶしてしまうでしょう。

そんな妹ファーストの兄が勇者に選ばれてしまったから、さあ大変。

兄を真っ当な勇者にすべく奮闘する妹が、主人公です。

書籍には、ウェブ版では書かれていなかった勇者が妹に執着する理由を加筆しました。少し重いのですが、このお話そのものは基本ラブコメですので、楽しくお読みいただけたなら幸いです。


イラストを描いてくださったのは、Ｓｈａｂｏｎ先生です。既刊『モブ推し同士で悪役令嬢がヒロインと争っていたら、婚約者に外堀を埋められていた件』に続き二作目で、今回もとても美しく、そしてプッと笑えるユーモアたっぷりの素晴らしいイラストを描いていただきました！　心より御礼申し上げます。

話は変わりますが、最近やりたいことを先延ばしにしたらダメだなぁと、実感しています。特に長期計画。「来年やろう」「再来年やろう」「何年か後に時間ができたら」といったものは、まず確実と言っていいほど実現が難しくなります。

理由はいろいろあるのですが、一番の要因は自分の気力体力が衰えていくことでしょう。来年の私は今の私と同じではないことを失念してしまったがゆえの失敗です。

なので、今後の私の座右の銘は「やりたいことは今やろう！」です。同じく「書きたいお話は今書こう！」の心意気で頑張りますので、応援していただけると嬉しいです。

末筆ながら、いつもご指導いただく担当さまはじめ関わってくださった皆さまに、心よりの感謝を申し上げます。

そして、毎回のことですが、私のお話を読んでくださるすべての読者さま。

「ありがとうございます！」

今回もこの一言を伝えられて、嬉しいです！

できうることなら、再びお目にかかれることを願って。

風見　くのえ

Rin Sakurada
櫻田りん
Illustration
麻先みち
天然魔女は彼の偏愛に気づかない
妹の引き立て役だった私が冷酷辺境伯に嫁いだ結果
Imouto no hikitateyaku datta watashi ga Reikokuhenkyouhaku ni totsuida kekka
フェアリーキス
NOW ON SALE
「君は天使…いや小悪魔か!?」(*ﾟдﾟ*)
「いえ魔女ですが…?」(´・ω・`)
先祖返りの魔女として生まれ、高価な秘薬を作ることだけ求められて育った伯爵令嬢メロリー。けれど出来た薬はちょっぴり便利で、ちょっぴり副作用のあるビミョーなものばかり。故に親に疎まれ、妹の引き立て役として冷遇されていたのに、突然変態とも冷酷とも噂される辺境伯から縁談が!? 厄介払い同然に送り出されるも、迎えた辺境伯ロイドは美形な上に、新薬の毒見まで買って出る優しい男性。加えて初対面のはずのメロリーを賛美しまくりで——?
フェアリーキス
ピュア
fairy kiss
Jパブリッシング　https://www.j-publishing.co.jp/fairykiss/　定価：1430円（税込）

Kunoe Kazami
風見くのえ
Illustration
中條由良
訳ありモブ侍女は退職希望なのに次期大公様に目をつけられてしまいました
身バレ防止のために
偽の恋人同士に!?
王太子妃付きの侍女マリーベルは、実は前国王の隠し子。おまけに、王太子に与えられていると国中が信じる『神の恩寵』の真の所持者という大きすぎる秘密を持っていた。なんとかバレる前に退職したかったのに、ある日『神の恩寵』の力が発動した場面を王太子の右腕である小大公アルフォンに目撃されて絶体絶命！……のはずが、マリーベルの秘密を守るべく、なんと二人で偽の恋人同士を演じることに。あれ？ これって本当にお芝居ですよね……？
フェアリーキス
NOW
ON
SALE
フェアリーキス
ピュア
fairy kiss

KUNOE KAZAMI
風見くのえ
ILLUSTRATION 緒花
王子の恋人役は秘書のお仕事ではありません！
赴任先は異世界？
社長が勇者に選ばれたら
秘書の私は王子の恋人に!?
フェアリーキス
NOW ON SALE
自社の社長が勇者として異世界に召喚され、それに同行する羽目になってしまった秘書の桃香。取引先となった異世界の担当者は、聖騎士という肩書きを持つ超美形の王子ヴィルフレッドだった。好みの属性てんこ盛りな彼に桃香の胸は躍るが、初対面から呼び捨てられたり、連日仕事場に押しかけてきたりと、中身は全然好みじゃない！　なのに、言い寄る令嬢たちに困った王子の依頼で恋人役を演じるうちに、そばにいないと寂しくなっちゃうのはなぜ……？
フェアリーキス ピュア
fairy kiss
Jパブリッシング　https://www.j-publishing.co.jp/fairykiss/　定価：1430円（税込）

こちら訳あり王女です。
熱烈求婚されたので塩対応したのですが、王子が諦めてくれません！
Saki Tsukigami
月神サキ
Illustration 春野薫久
超ポジティブ思考の
王子の求婚は、甘すぎる!!
フェアリーキス
NOW ON SALE
初めて出会ったトラヴィス王子からいきなり求婚された王女ルルーティア。秒で断ったにもかかわらず、彼は超ポジティブ思考で全く諦める気配ナシ。実はルルーティアには父王との約束で絶対に結婚できない深い事情があった。しかし彼は怯むどころかしぶとく猛アピール。挙げ句理想の男になるからとどこまでも前向き。そんな彼に乱される気持ちを振り切り、国絡みの謀略がうごめく中、ルルーティアは王女としての務めを果たそうと決意するが!?
フェアリーキス
ピュア
fairy kiss

勇者の妹に転生しましたが、これって「モブ」ってことでいいんですよね？

著者　風見くのえ
イラストレーター　Shabon

2025年5月5日　初版発行

発行人　藤居幸嗣

発行所　株式会社Ｊパブリッシング
〒102-0073　東京都千代田区九段北3-2-5 5F
TEL 03-3288-7907　FAX 03-3288-7880

製版所　株式会社サンシン企画

印刷所　中央精版印刷株式会社

ISBN：978-4-86669-765-9
Printed in JAPAN